黛玉
葬花

中秋

对诗

潇湘馆

湘云醉卧

香菱

学诗

黛玉焚稿

拜别　宝玉

迎春

串花

愿
有人待你如初
——细品红楼梦中人

慕容素衣 著

北京联合出版公司
Beijing United Publishing Co.,Ltd.

图书在版编目（CIP）数据

愿有人待你如初 ：细品红楼梦中人 / 慕容素衣著.
-- 北京 ：北京联合出版公司，2018.6
ISBN 978-7-5502-8728-0

Ⅰ．①愿… Ⅱ．①慕… Ⅲ．①《红楼梦》人物－人物
研究 Ⅳ．①I207.411

中国版本图书馆CIP数据核字(2018)第039676号

愿有人待你如初：细品红楼梦中人

作　　者：慕容素衣
出版统筹：新华先锋
责任编辑：牛炜征
策划编辑：刘　钊　王亚松
封面设计：易珂琳
版式设计：朱明月
营销统筹：章艳芬

北京联合出版公司出版
（北京市西城区德外大街83号楼9层 100088）
北京雁林吉兆印刷有限公司印刷　新华书店经销
字数100千字　620毫米×889毫米　1/16　15印张
2018年6月第1版　2018年6月第1次印刷
ISBN 978-7-5502-8728-0
定价：48.00元

目录

1

一本关于《红楼梦》的灵性之书

作家◇闫红

去年装修房子，我去一家铁艺店做防盗窗，签字的时候，老板发现他看过一本我写的关于《红楼梦》的书，就热切地跟我谈起某位红学专家。我说，我没有看过这位专家的书，他非常吃惊，说，研究红学的人，都看过她的书。我很想反问一句，红学，是什么东东？但看在老板额外给我优惠了一百块钱的分儿上，我把这话忍回去了。

喜欢谈《红楼梦》的人有两种，一种是红学家，一种是《红楼梦》爱好者，前者将《红楼梦》当成一门学问来研究，后者将《红楼梦》当成一本小说，不，小说还不够，是一段时光，一种生活，或者，干脆就是生命本身，来品读、玩味、揣摩、推敲，设身处地，推己及人，小说里的人物，不再是扁扁的纸片人，而进入我们的魂里梦中，有时候，我们看他们，也如看我们自己。

后一种文学爱好者，我在网上、生活中都见过很多，多是兰心惠质的女子，却不见得都是写文章的，只是自幼爱好，不知读了多少遍，若换个版本，略略眼生的字都能挑出来，对于曹公在字缝里设下的那些埋伏明察秋毫，说起黛玉、宝钗像在说自己的同事，不会预设立场刻意褒贬，一是一二是二，公允得也像在对待观察良久的同事。

遗憾的是，这些有趣的评价，多是在谈笑风生之间，就算有人会写成文章，也只是个把篇章，看起来很不过瘾。所以，当我看到慕容的书稿时，那种心情，怎么形容呢？很像在阳光明媚的午间坐在咖啡馆里，听志趣相投的女友说一些很有意思的话，愉悦的，共鸣的，还有一点点 HIGH（兴奋、激动），那样的时光，很静，静得听得到流年似水。

慕容的这本书，口气轻淡，没有那种"我告诉你们啊"的大惊小怪，但不循成说，不落窠臼，只拿自己的心去与《红楼梦》映照。一字一句皆从真心而出的风格，足以使它与众不同。比如说，历来说林黛玉的人多了，有的将她捧为天上的仙女，有的则以道学家的口气横挑鼻子竖挑眼，口气虽是激烈，看了却让人无法不轻蔑地一笑，语言玩得再花，也都不过是人云亦云罢了。但慕容说起林妹妹的清高孤僻则另有高见，她借村上春树小说《舞舞舞》中男主角的话为她代言：哪里会有人喜欢孤独！不过是不乱交朋友罢了。

罗马不是一天建成的，林黛玉也不是一天就成为林黛玉的，慕容目光如炬地发现，林黛玉刚进府时，也很在意别人的看法，不敢多走一步路，不肯多说一句话，但是"大多数人的成长都是一个被规范的过程，而这个我们看着她长大的小女孩儿，却在成长的道路上，面目越来越清楚。在我看来，黛玉自我实现的完成是在住进潇湘馆后。有了这方幽僻的小天地，一个迥异于传统淑女形象的诗人林黛玉终于横空出世了"。

说了黛玉，自然就要说到宝玉，历来关于宝玉更是众说纷纭，但大多批判、调侃、奚落，女孩子表示不愿意有这么一个男友，男人表示有这么个儿子也得揍死，没办法，国人的实用主义是侵入骨髓的。但慕容却说："焦大自然领会不了林妹妹的好处，便是宝钗、湘云，又怎能领会到宝玉真正的好处？"

"在她们眼中，宝玉什么都好，就是未免太过不通世务，如傻似狂，所以她们想尽一切办法把宝玉往人间正道上引领。她们不知道，所谓的不通世务，才是宝玉真正的美质所在。

"宝玉的这段境遇，倒和《笑傲江湖》中的令狐冲有些类似。令狐冲在华山派时，和小师妹岳灵珊有过一段刻骨铭心的初恋。岳灵珊那个时候觉得师兄也挺不错，就是吊儿郎当、不够正统。相反，令狐冲这个特质在小师妹看来是最大的缺点，在任盈盈眼里却是他最美好的品质。

"说到这里，我不禁要为灵珊、宝钗们扼腕叹息，曾经有一块真正的宝玉摆在你们面前，可你们却把它当成了顽石，岂不惜哉！当然，站在灵珊、宝钗的角度来看，这种特质并不是她们需要的。"

录到这里，我也要为宝玉扼腕，可惜他生不逢时，有黛玉那样的恋人，却没有慕容这样的知己，亦是憾事啊。

从前面的章节可以看出，慕容对于黛玉、宝玉高度认可，通常认可黛玉的，都会看宝钗大不顺眼，即便不会将她妖魔化为阴险狡诈之徒，就其为人风格尖酸刻薄两句则是常有的。慕容的过人之处在于，即便宝钗不是她那杯茶，她依然能看出她的大好处。

比如，人人都诟病宝钗遵从礼教，像宝玉那样叹"好好的一个女子，也学的沽名钓誉，入了国贼禄鬼之流"。慕容却说："《世说新语》云：王平子（澄）、胡毋彦国（辅之）诸人，皆以任放为达，或有裸体者。乐广笑曰：'名教中自有乐地，何为乃尔也。'名教之于黛玉是一种无形的束缚，她时时都想挣脱，但对于宝钗来说，并不存在这一问题，她已经习于从名教中得到乐地了。"

宝钗曾说："男人们读书不明理，尚且不如不读书的好，何况你我。就连作诗写字等事，原不是你我分内之事，究竟也不是男人分内之事。男人们读书明理，辅国治民，这便好了。只是如今并不听见有这样的人，读了书倒更坏了。这是书误了他，可惜他也把书糟蹋了，所以竟不如耕种买卖，倒没有什么大害处。"

慕容平心静气地看这段话，觉得很有道理："宝钗认为男人们读书并不曾明理，反而把书给糟蹋了，这番见识不可谓不卓越，显然脱离了'无才便是德'那套陈腔滥调。"

在这本书中，类似的真知灼见时时闪烁，可见作者的才情，更可见作者的真诚。窃以为，对一个写作者来说，真诚是最为重要的东西，有真诚，才能探幽发微，才能言他人所未言，才能动用全部灵性、全部的生命能量，化为华光四射的文字。慕容这本书，也因了这份真诚，在诸多的说红文章里凸显出来。

黛玉 ◇ 非主流文艺女青年

一个是水中月，

一个是镜中花。

想眼中能有多少泪珠儿，

怎经得秋流到冬尽，

春流到夏。

异乡人

她的出场从离别开始。

那一年她年方六岁，洒泪拜别父亲后，乘船去投奔从未谋面的外祖母。其时恰是正月初六，白雪皑皑，小小年纪的她独立船头，任一叶孤舟载着她，驶向那不可知的未来。极目远望，是奔流不休的江水。

她不知道的是，这一别，就是永远。从今后，故乡成了她再也回不去的地方，她如何能够料到，当时只道是寻常的草长莺飞、烟花三月、骨肉至情，最后竟只能在回忆中才能重温。

虽然名列金陵十二钗，事实上林黛玉只是个客居的异乡人。诚然，十二钗之中，薛宝钗、史湘云都属于贾府的外来者，但宝钗本有母兄依傍，湘云原是客人身份，只有林黛玉一人，非主非客，被打上了"异乡人"的尴尬烙印。因此她的思乡之情特别浓重，无可奈何、无家可回的悲伤总在一些特定的时刻侵袭着她。

初入贾府，作为客居者的她就敏感地察觉到了这里和她以往的家不一样。书中有一段写道：

> 寂然饭毕，各有小丫鬟捧上茶来。当日林如海教女以惜

福养身，云饭后务待饭粒咽尽，过一时再吃茶，方不伤脾胃。今黛玉见了这里许多事情不合家中之式，不得不随的，少不得一一改过来。

曹公虽一笔闲闲写过，但可以想象得到，作为一个外来者，小小年纪的黛玉初进贾府时，怕有过一段难熬的磨合期。

"不合家中之式"的并不仅仅是生活习惯，还有周遭人的态度。当年在父母身边时，如珠似宝，爱逾性命。但偌大一个贾府，真心疼爱她的可能就只有贾母和宝玉了。两个舅舅不拿她当回事，对千里迢迢前来投奔的外甥女也不愿意一见，何等的冷酷无情！甚至有些下人也跟着势利起来，周瑞家的送宫花时，最后才送到她门上。

正是因为尝尽了人情冷暖，这处花柳繁华地、温柔富贵乡在她眼中却是："一年三百六十日，风刀霜剑严相逼！"

电影《东邪西毒》中说：当你不能再拥有的时候，唯一可以做的，就是令自己不要忘记。

隔得越远，离乡的时间越久，记忆中的故乡就越血肉丰满、棱角分明。终其一生，黛玉都保持着难以割舍的江南情结，这从她的居住地、诗词等各方面都能体现出来。

贾府人坐卧多在炕上，窗格上糊着绿纱，种种迹象表明《红楼梦》的故事应该发生在北方，可想而知大观园是典型的北方园林，黛玉所住的潇湘馆却别有一番幽趣：凤尾森森、龙吟细细，正是潇湘馆。

贾母众人先到潇湘馆，一进门，只见两边翠竹夹路，土地上苍苔布满。

翠竹、苍苔确系江南所有之物，在北方并不常见，正合了黛玉"从南边来的"身份。

黛玉生平最出彩的诗作是《葬花吟》，而她所葬的花，正是江南随处可见的桃花。所谓物离乡贵，大凡流离在外的人，对故乡的风物总有着特殊的眷恋，桃花触发了黛玉的诗情悲思，她为无处埋身的桃花而悲泣，这里面何尝没有一份触景生情的漂泊感。

那首《唐多令》再一次暴露了她的飘零身世之悲："粉堕百花洲，香残燕子楼。一团团逐对成球。漂泊亦如人命薄，空缱绻，说风流。草木也知愁，韶华竟白头！叹今生谁舍谁收？嫁与东风春不管，凭尔去，忍淹留。"

她的乡愁最集中的一次体现是第六十七回"见土仪颦卿思故里"，当宝钗把哥哥从江南带来的家常应用之物一一分给大观园内众姐妹时，黛玉说出了这样一番话："自家姊妹，这倒不必。只是到他那边，薛大哥回来了，必然告诉他些南边的古迹儿，我去听听，只当回了家乡一趟的。"说着，眼圈儿又红了。

乡情乡思，溢于纸上。

其实不单是相对于金陵，就算是相对于这个俗世来说，黛玉也是个"异乡人"，别忘了她还有另一重身份——绛珠仙草，她和宝玉都不是人间客。不染尘俗的灵魂难以与滚滚红尘融为一体，所以纵使生在绮罗丛中，长在富贵人家，黛玉和她所处的环境却偏偏是疏离的。这种疏离保持了她灵魂的高洁和清醒，却无法让她收获俗世的幸福，冥冥中注定她只能是世外仙姝寂寞林。

故乡何处是？忘了除非醉。

一直到死，黛玉最后嘱托紫鹃的话，仍然是"回家"："我在这里并没有亲人，我的身子是干净的，你好歹叫他们送我回去。"

从离乡的那一刻起，她便在不断地追寻着回乡之路。而只有等到灵魂寂灭那一天，她才有机会回到最初离开的那个地方，永远融于一体，仿佛从来不曾分开。

她和这个世界始终格格不入。

一生与诗书做了闺中伴

看王文娟主演的越剧《红楼梦》，最喜欢的是焚稿时的一段唱词："我一生与诗书做了闺中伴，与笔墨结成骨肉亲。曾记得菊花赋诗夺魁首，海棠起社斗清新；怡红院中行新令，潇湘馆内论旧文。"

多么委婉动人的自白！在"女子无才便是德"的时代，这简直是黛玉内心的独立宣言。如果说《红楼梦》是一首哀艳的诗篇，黛玉便是整首诗的诗魂，所以曹雪芹令她有"冷月葬花魂"之句，一语成谶，预言了她终将走向毁灭的宿命。

大观园中能诗的女子多矣，尤其是宝钗，在海棠社中与黛玉不相伯仲，《螃蟹咏》连黛玉也自认不如。但诗之于宝钗，只是生活中锦上添花的附丽，所以她对作诗并不热心，反而劝黛玉，"咱们女孩儿家不认得字的倒好"，"你我只该作些针黹纺绩的事才是"。可见，她并不觉得作诗是一件正经事。

也因如此，宝钗在写诗时甚至会刻意迎合观赏者的喜好，元妃省亲时，正是她提醒宝玉，将"绿玉"改成"绿蜡"，以免元妃不喜。这个细节，流露出了她一贯的实用主义和功利主义，实用和功利或许有益于生活，却绝对是诗歌的敌人。

而黛玉，她把诗歌当成了自己的整个生命。秋雨敲窗，她提笔挥就《秋窗风雨夕》；落花成冢，她一气吟出《葬花词》。正如她在《咏菊》一诗中所说的那样，"无赖诗魔昏晓侵"，这是她的切身体验。诗，对于她，是不可一日无的，是她生命的喷薄。

《红楼梦》中最动人的诗篇皆出于黛玉之手，《葬花词》《海棠诗》《桃花行》《秋窗风雨夕》《五美吟》《柳絮词》、题帕三绝句……读这些诗，我们能触摸到黛玉心灵的每一丝悸颤，感受到她灵魂的每一次燃烧，当她吟出"一朝春尽红颜老，花落人亡两不知"时，不单是宝玉，连身为读者的我们，也恨不能和这个敏感孤傲的少女同声一哭！

宝钗的诗也好，但只是吟咏工细，缺乏超逸的意境。她在那首咏絮词中故意为柳絮翻案："好风凭借力，送我上青云！"命意虽也不错，但终不及黛玉的"飘泊亦如人薄命，空缱绻，说风流！草木也知愁，韶华竟白头"那般自然贴切。真正动人的诗歌都是性灵之诗，因为那是从诗人的心底自然而然地流泻出来的，未经任何藻饰，却因真诚而能引人共鸣。

黛玉的诗人气质不仅表现在作诗上，更表现在她诗化的生活中，在大观园中，她就是一个诗意的存在。她所住的潇湘馆，"凤尾森森，龙吟细细"，"一缕幽香从碧纱窗中暗暗透出"；她闲暇了不是去找姐妹们串门，而是静静地在芭蕉影中教鹦鹉读自己的葬花诗。且看有次她临出门时交代紫鹃的话："把屋子收拾了，下一扇纱屉子，看那大燕子回来，把帘子放下来，拿狮子倚住，烧了香，就把炉罩上。"

这是何等诗意芬芳的诗境生活！她是完完全全地活在诗里头了。

甚至在外形上，曹雪芹也完全将黛玉的美诗化了。

书中其他女性的美都是很具象的，比如说宝钗是"脸若银盆，眼似水杏，唇不点而红，眉不画而翠。"

而黛玉出场时，没有描写她穿什么衣服，戴什么首饰，而是形容她"两弯似蹙非蹙罥烟眉，一双似泣非泣含情目"。

比较起来，黛玉的外形有一种如梦似幻的感觉，无法那么具象化。她的美就像朝云春梦那样，你可以感受得到，却没法具体地形容出她的样子。

千百年来，关于黛玉美还是宝钗美的话题一直争论不休，其实我想，她们是两种不同的风格，宝钗自然鲜妍妩媚，黛玉却完全是一个诗意的存在。黛玉从姑苏回来后，满身缟素，曹雪芹借宝玉之口来品度说："妹妹出落得越发超逸了。""超逸"二字，恰如其分地形容出了黛玉的灵性之美。

正因为以诗为心，才有了黛玉葬花这样的唯美意境，这事换别人来做可能只是矫情，可放在林黛玉身上却再自然不过。我不同意某些读者将之看成行为艺术的观点，黛玉葬花只是情之所至，她细腻地体会到落花难免被流水所污的命运，出于对美好事物的怜惜，自然而然地荷锄葬花，这里面绝无表演的成分。

事实上，"葬花"这一事件兴许是有根据的。纳兰容若在悼念亡妻的词中就有过这样的描述：

> 此恨何时已！洒空阶，寒更雨歇，葬花天气。三载悠悠魂梦杳，是梦久应醒矣，料也觉人间无味。

有学者以此为据，甚至提出贾宝玉以纳兰容若为原型这一说法。

而另一个的的确确有过葬花行为的是大名鼎鼎的唐寅唐伯虎。唐寅居桃花庵，自号桃花庵主，"轩前庭半亩，多种牡丹花，开时邀文徵明、祝枝山，赋诗浮白其下，弥潮浃夕，有时大叫痛哭。至花落，遣小僮一一细拾，盛以锦囊，葬于药栏东畔，做落花诗送之"。

唐寅、纳兰、黛玉虽然身处时代不同，身份各异，但俱是性情中人，一脉相承的是那份至情至性。对美好事物流逝的敏感已融入千古文人的文化血液之中，数百年前，唐朝诗人刘希夷已发出了"年年岁岁花相似、岁岁年年人不同"的悲音，数百年后，这一声音又回响在黛玉的诗中——"侬今葬花人笑痴，他年葬侬知是谁！"

诗人的天性是敏感，对于黛玉来说，敏感像一柄双刃剑。因为有着一颗异常敏感的诗心，她才能够与花鸟同悲，与天地同愁，将心中悲苦转化为哀感顽艳的诗篇；但过于敏感也造成了她的多愁多病之身，加快了她走向毁灭的进程。

可我还是要感谢诗歌，正是因为爱诗成魔，才有了这天地间独一无二的林黛玉。黛玉之所以成为黛玉，离不开"诗书"这位闺中伴，这位闺中密友滋养了她的生命，造就了她独立的精神世界，形成了她情怀高邈的意境生活。

在此之前的古典文学作品中，从来没有出现过这样的女性形象。崔莺莺也好，杜丽娘也罢，她们的存在都只是为了爱情生活。她们也写诗，但诗歌只是伴随着爱情产生的附属品。让我们来看一首诗：

待月西厢下，迎风户半开。拂墙花影动，疑是玉人来。

这首诗无论在何时何地看，都是一首香艳旖旎的情诗，充满了娇羞和矜持，欲语还休，欲迎还拒，这是年方二八的崔莺莺写给元稹的约会诗。

后来莺莺被抛弃，某日，元稹路过其家，以表兄的身份求见，她写《告绝诗》回绝：

弃置今何道，当时且自亲。还将旧来意，怜取眼前人。

写来写去，均绕不过一个"情"字。

黛玉所写诗的范畴，却远远不是"情诗"两个字可以包含的。

她的诗中，有自怜，有自白，更多的是对流逝中的自我生命与青春的留恋和叹惋。

可以说，黛玉这一形象已经具备了强烈的自我意识，"满纸自怜题素怨，片言谁解诉秋心"，诗歌是她美好内心世界的外化。再也回不到故乡的她，终于在诗书中找到了一方永恒的精神家园。

大观园中，爱诗如命的还有一个"诗呆子"香菱。香菱半路出家，囿于根基，所做的诗自然无法和小姐们相提并论，对诗的喜好却和黛玉一般无异，竟至到了废寝忘食的地步：

> 各自散后，香菱满心中还是想诗。至晚间对灯出了一回神，至三更以后上床卧下，两眼鳏鳏，直到五更方才朦胧睡去了……只听香菱从梦中笑道："可是有了，难道这一首还不好？"……原来香菱苦志学诗，精血诚聚，日间做不出，忽于梦中得了八句。

香菱这个人物和黛玉是有些瓜葛的。她们都是来自姑苏的孤女，后来都进了大观园，出身、经历有所类似。如果说晴雯身上有黛玉性情的影子，香菱身上则可以看到黛玉命运的伏线。

我们来看看香菱的处境。她的身份是薛蟠的侍妾，以薛蟠之俗，自然是不懂得吟诗作赋这种雅事的。而薛家的另一个主子宝钗，对于香菱的这种行为也颇不理解，反而说她："何苦自寻烦恼。都是颦儿引的你，我和他算帐去。你本来呆头呆脑的，再添上这个，越发弄成个呆子了。"

这样看来，香菱完全没有学诗的必要，可她却偏偏苦志学诗，为的是什么？我觉得宝玉在这一回说得很有道理："这正是'地灵人杰'，老天生人再不虚赋情性的。我们成日叹说可惜他这么个人竟俗了，谁知到底有今日。可见天地至公。"

这话说得多好。香菱学诗，并不是为了讨好任何人，而是为了不辜负她自己，不辜负老天爷赋予她的珍惜美、追求美的天性。

香菱的册子上画着一茎荷花，判词云：根并荷花一茎香。荷出污泥而不染，香菱处身于污浊的环境中，心中却依然埋藏着对美好的热望和渴求，这一点，和黛玉何其相似。

作诗对于成为封建淑女来说，不仅无益，简直是有害的。功利主义者们不会明白，一个黛玉，一个香菱，为何会在这种"无用"的事物上花费大量的时间。

他们不知道的是，美好的事物往往无用。

孤标傲世偕谁隐

不知从何时开始，林黛玉在普罗大众心目中，成了哭哭啼啼、小心眼、专使小性子的形象。事实上，黛玉这个人，绝非"缠绵"两个字可以概括，她骨子里是硬朗的。

第二十回中，宝黛二人又因宝钗发生口角，黛玉脱口而出："我为的是我的心！"

在她病弱的外表下，埋藏着的是一颗勇敢的心，这颗心坚持只为自己而活，尽管这样会活得更辛苦。如果说宝钗一直致力于入世，达到了和外界的圆融；黛玉则始终执着于自我，向内发现了自己。

通往自我的道路往往荆棘遍布。这条路不是通往世俗幸福的"星光大道"，没有鲜花和掌声，往往只能踽踽独行。

从出生开始，我们就面临着被塑造的境地，社会的作用有点类似于模具工厂，它事先提供一个好的模板，然后利用各种合力将你装入模子中。社会告诉你要主流、要正统、要循规蹈矩、要和光同尘，可林黛玉偏偏选择了拒绝，拒绝被塑造、拒绝主流、拒绝正统。

她并不是为了叛逆而叛逆，她只是遵循着内心的指引。当世俗的条条框框和内心的声音相悖时，她选择了忠实于自己的内心。

和主流背道而驰并不容易，一开始，我们都是个性张扬的小孩，为什么大多数人最终都接受了模式化的生活呢？那是因为主流就意味着安全、舒适、现世安稳，人的天性中有着趋利避害的成分，举个例子，我们小时候都童言无忌，可有时候说真话无意中冲犯了大人，被严厉批评几次后，我们就不再坚持说真话了，这样至少可以避免被批评的风险。

黛玉的自我意识也经历了一个逐渐觉醒的过程，一开始，她也曾"步步留心、时时在意"，不肯轻易多说一句话，多行一步路。

从初入贾府的表现来看，黛玉行动得体、应答颇有分寸，和古典小说中常见的淑女们并没有什么区别。分析这段表现可以发现，实际上黛玉对于人情世故并不是不懂。

和贾母一同住的时候，她和宝玉呈现出的都是"昵昵小儿女"之态，时而闹点小矛盾，时而说说俏皮话，这时候的黛玉，就像我们寻常可见的那种小女孩，天真可爱，即使有一点任性，分寸也把握得很好。

大多数人的成长都是一个被规范的过程，而这个我们看着她长大的小女孩，却在成长的道路上，面目越来越清楚。

在我看来，黛玉自我实现的完成是在住进潇湘馆后。有了这方幽僻的小天地，一个迥异于传统淑女形象的诗人林黛玉终于横空出世了。

我们来看第四十回中，刘姥姥逛潇湘馆所见所闻：

> 刘姥姥因见窗下案上设着笔砚，又见书架上磊着满满的书，刘姥姥道："这必定是那位哥儿的书房了。"贾母笑指黛玉道："这是我这外孙女儿的屋子。"刘姥姥留神打量了黛玉一番，方笑道："这那像个小姐的绣房，竟比那上等的书房还好。"

屋似主人形。潇湘馆就像它的主人一样另类，这屋子不像小姐的绣房，林黛玉又岂合传统淑女的规范！淑女们克己复礼，她偏要肆情任性；淑女们一团和气，她偏要爱憎分明；淑女们豁达圆融，她偏要执着尖刻。黛玉就是十二钗中最突出的离经叛道者。

任性实际上是最大的勇敢，坚持自我通常会让自己处于一个很危险的境地，黛玉也为此付出了一般人不敢支付的代价。

特立独行者最为孤独。

大观园中姐妹众多，出现在我们面前的黛玉却常常是独自一人。

村上春树小说《舞舞舞》中的男主角说："哪里会有人喜欢孤独！不过是不乱交朋友罢了。"

我想这话放在黛玉身上也适宜，孤苦伶仃的她其实比谁都更需要爱和温暖，但她渴望的是绝对纯粹的感情，不管是爱情，还是友情。

如果得不到了解，那么宁愿孤独，好比傲霜的菊花，宁愿在清冷的秋风中独自盛开，也不愿去和春花们争奇斗艳。

其实在很久以前的东晋，也有一个人和黛玉做出了相似的选择，他的名字叫陶渊明。在现代人看来，陶渊明过的是一种优美绝俗的隐居生活，实质上在当时的大背景下，弃官回家种田是相当非主流的。大部分人如谢灵运，终生都因"退耕力难任，进德智所拙"而为难，在仕与隐的矛盾中越活越拧巴。

最符合儒家思想的人生道路是取得一番功名后，飘然离去。可陶渊明在没有得到之前就坦然放下，只因为"少无适俗韵，性本爱丘山"，既然适应不了社会，索性退回到自己的世界中去。他不愿意为难自己，而是选择过一种简单、朴素、忠于自我的生活，除了那些能与他共话桑麻长的"素心人"外，他基本上与世隔绝了。

不是每个人都能理解陶渊明的，同是田园诗人的王维就曾讥诮他说"一惭之不忍而终生惭"，意思是如果能折腰一见督邮，何至于后来沦落到乞食的地步呢？王维这个人实际上终身都是做官的，作为一个体制中人，他很难理解体制外那些异端的思想。

黛玉在大观园诗社中的地位，一如千百年前陶渊明在诗坛的地位。刘勰作《文心雕龙》，竟然只字未提陶渊明。钟嵘作《诗品》，陶渊明仅在中品，排名还在陆机、潘岳之下。

《红楼梦》中流传最广的诗词作品均出自黛玉之手，可她在诗社中并没有得到应有的重视，且看李纨作为诗社社长是怎么评她的作品的——在人人都赞林黛玉的海棠诗应为上品时，她独排众议，说："若论风流别致，自是这首；若论含蓄浑厚，终让蘅稿。"

这就是主流们对性灵之诗的看法！黛玉的怀才不遇，和千百年来非主流文人的遭遇何其相似！我猜想曹雪芹就是要借她之口，来诉尽平生的不得志。

黛玉却对陶渊明抱有景慕之情，因为他们在精神上是相通的，所以曹公才让她在菊花诗中独占鳌头。只有他们才能真正懂得菊花的高洁和傲骨，"孤标傲世偕谁隐，一样花开为底迟"与其说是问菊，倒不如说是自问自答，答案早写在了黛玉的心中。

黛玉在《葬花词》里悲愤地质问道："天尽头，何处有香丘？"渴望能找到"一抔净土掩风流"的清静之境。这种清静的境界，不就正是陶渊明苦心追求的桃花源吗？

除了陶渊明外，我还常常从黛玉的身上看到另一个魏晋名士的影子，那就是嵇康。从个性到品格，黛玉和嵇康都不无相似之处。

嵇康这个人，长得非常美，岩岩若孤松之独立；脾气非常坏，自我评价是"轻肆直言、遇事即发、刚肠嫉恶"。对喜欢的人倾心相交，对不喜欢的人眯都不眯，当时有个叫钟会的人慕名前来拜访他，嵇康头也不抬，继续打铁，导致钟会后来衔恨报复，造成嵇康的被害。

现在看来这是很酷的行为，实际上绝不符合儒家为人处世的中庸之道。黛玉的锋芒毕露、爱憎分明就和嵇康一脉相承，这样的人构成了中国文人的风骨，在现实生活中却难以讨喜。

嵇康之死的直接原因是他有个叫山涛的朋友请他去做官，他老人家不做就罢，偏偏还要写一封《与山巨源绝交书》。内有"非汤武而薄周孔"的叛逆之词，当时执掌大权的司马昭早就看不惯他了，便以此为借口杀了他。

杀他的理由是，此人"上不臣天子，下不事王侯，轻时傲世，无益于今，有败于俗"，我不知道司马昭是怎么想的，这哪里是罪状，分明是歌颂嵇康人格魅力的赞美书。

可叹的是，嵇康死之前，在狱中写了一篇很长的《诫子书》，从如何做官到酒桌应酬无所不包，说的都是如何在乱世中保全自己的技巧。后来他的儿子嵇绍遵守父亲遗训，官做得还挺好。

如果没有《诫子书》，我们会觉得嵇康可能不懂官场规则，实际上，他深于世故而拒绝世故，他熟谙规则却偏偏不按常理出牌。

千百年后，也曾步步留心的黛玉同样选择了拒绝和叛离，黛玉的洞察力其实很强，她熟谙家务经济，"我虽不管事，心里每常闲了，替你们一算计，出的多进的少，如今若不省俭，必致后手不接"；她一针见血地指出了妻妾相处的模式，"不是东风压倒西风，就是西风压倒东风"。我想她如果愿意，完全有能力做一个符合主流价值的闺秀，她可以含糊一点，可以走向妥协，但如你所知，如果她真那样做了，就无法成为林黛玉了。

今时今日，仍有人将黛玉目为柔弱尖酸的代表，却看不到她的傲骨铮铮，这完全是一种误读。或许，真正喜欢她的人，都有着同样自由孤独的灵魂和同样敏感多情的心灵吧，只有骄傲者才能读懂骄傲者的灵魂。

"孤高自许、目下无尘"的黛玉正是魏晋风度在《红楼梦》中的余响，如果要用一句话来形容魏晋风度，那就是"越名教而任自然"，她以自己的一生践行了这句名言。

大家都应该明白这位林妹妹的本质是一株仙草，所以她常自诩为"草木人儿"。即使误入凡间，这株仙草仍然不失草木本心，天情天性，自成佳景。《牡丹亭》中杜丽娘有唱词云"只为那一生爱好是天然"，移之评价黛玉也颇为贴切。

在这软红万丈中，小小草儿无以与群芳争艳，却能得天地精华，与神瑛相伴，随春葳蕤，生趣盎然。

有时候，孤独并不等于枯寂。

两个"不肖"者的相知

孟京辉的话剧《柔软》中有这样一句台词:"每个人都很孤独。在我们的一生中,遇到爱,遇到性,都不稀罕,稀罕的是遇到了解。"

这句话用来形容宝黛之恋的独特之处真是恰如其分。

《枉凝眉》中唱道:"若说没奇缘,今生偏又遇着他。"其实,对于两个能够相互了解的人来说,遇见已经是最大的幸运。

让我们回到他和她初见的那一刻。

这一见惊心动魄。

她在心中惊叹:"好生奇怪,倒像在那里见过一般,何等眼熟到如此?"

他脱口而出:"这个妹妹我曾见过的。"

他们的相遇,常常让我想起印在茶花烟上的那句诗:与君初相识,似是故人归。为什么他们会有似曾相识的感觉?我想,不仅仅是木石前缘的原因,而是,他和她由对方身上,遇见了最初的自己。

人类总是被那些和自己特质相同的人深深吸引。在此之前,那个深藏于内心的"自我"可能沉睡着,被忽视被遗忘,直到和某个人劈头相遇,甚至只打了个照面,那个沉睡着的"自我"就会被唤醒,那一刻,我们才找到了自己。

宝黛二人共同的特质是什么？让我们去原书中寻找答案。

曹公在刻画黛玉眼中的宝玉时，忽然插进了两首《西江月》：

> 无故寻愁觅恨，有时似傻如狂。纵然生得好皮囊，腹内原来草莽。潦倒不通世务，愚顽怕读文章。行为偏僻性乖张，那管世人诽谤！

> 富贵不知乐业，贫穷难耐凄凉。可怜辜负好韶光，于国于家无望。天下无能第一，古今不肖无双。寄言纨绔与膏粱：莫效此儿形状！

这是对宝玉的总体评价，更是曹雪芹的夫子自道。最惹人注意的是其中两句：天下无能第一，古今不肖无双。我想这"不肖"和"无能"恰恰是宝黛精神上相通的地方。

所谓不肖，大多是指后人背离了父辈的价值观和生活方式。宝玉的不肖之路，要追溯到他周岁的时候，家中长辈隆重地为他安排了一次抓周，殊不知这小小孩儿不抓纸笔不抓官印，偏偏去抓了盒胭脂。

自此，他的父亲贾政就认定这是个没出息的孩子。

宝玉慢慢长大了，整日价在姐妹群中厮混，生来不爱读书，却爱吃姑娘嘴上的胭脂，从未将功名利禄、人情世故放在心上。看这架势，的确是要将不肖进行到底了。难怪贾政不喜欢他，这种不喜欢有恨铁不成钢的成分，更多的是气质上的不喜，这个儿子半点不像他生出来的！

读《红楼梦》的很多人都会注意到宝玉"男生女养"的童年，却很少有人注意到黛玉幼时的家教。《红楼梦》中有两个女孩子是自幼充男儿教养的，一是凤姐，一是黛玉：

> （林如海）今只有嫡妻贾氏，生得一女，乳名黛玉，年方五岁。夫妻无子，故爱如珍宝，且又见他聪明清秀，便也欲使他读书识得几个字，不过假充养子之意，聊解膝下荒凉之叹。

这一段幼年经历让黛玉和诗书结下了终身的缘分。

宝玉和黛玉，一个本是男儿身却有着几分脂粉气，一个本是女儿家却浑身书卷气，在各自的性别群体中都属于异端。无怪乎他们如此投契，只因为他们性情相近，身上都有着一种非主流的气质。

现代人倾向于把他们当成封建叛逆者来歌颂，其实叛逆者往往都是孤独的，如果遇到另一个持相同价值观的人会觉得特别可贵。

当宝钗、湘云都一股脑地劝宝玉走"仕途经济"的大道时，只有林妹妹"从不说这些混帐话"，所以宝玉才引她为平生第一个知音。

到了这个阶段，宝黛之恋已逐渐由青涩期过渡到成熟期。在此之前，宝玉这个爱博而心劳的主儿也曾和袭人初试云雨情，也曾对着宝姐姐丰美的手臂流口水，也曾闹着让云妹妹帮他梳辫子。在此之前，他遇到了爱，也遇到了性，那些都不稀罕，稀罕的是，他终于遇到了了解。

所以我相信，尽管宝玉博爱，可钟情的人始终只有黛玉一个，因为他们彼此懂得。唯有黛玉，才会懂得并欣赏宝玉的叛逆和反抗，他们同样有着敏感多情的心灵和自由奔放的灵魂，彼此都是对方在人群中的回声。焦大自然领会不了林妹妹的好处，便是宝钗、湘云，又怎能领会到宝玉真正的好处？

在她们眼中，宝玉什么都好，就是未免太过不通世务，如傻似狂，所以她们想尽一切办法把宝玉往人间正道上引领。她们不知道，所谓的不通世务，才是宝玉真正的美质所在。

宝玉的这段境遇，倒和《笑傲江湖》中的令狐冲有所类似。令狐冲在华山派时，和小师妹岳灵珊也有过一段刻骨铭心的初恋。岳灵珊那个时候觉得师兄也挺不错，就是吊儿郎当、不够正统。相反，令狐冲这个特质在小师妹看来是最大的缺点，在任盈盈眼中却是他最美好的品质。

说到这里，我不禁要为灵珊、宝钗们扼腕叹息，曾经有一块真正的宝玉摆在你们面前，可你们却把它当成了顽石，岂不惜哉！当然，站在灵珊、宝钗的角度来看，这种特质并不是她们需要的。

在这里，伴随着宝玉出生的那块通灵宝玉其实也是有象征意义的，它的前身原是大荒山青埂峰的一块石头。所以它具有两面性，彼之顽石，有可能是吾之宝玉。

石头还有一层寓意，就是无用。它本是女娲补天剩下来的那一块，"无材可去补苍天，枉入红尘若许年"。宝黛二人实际上都是大观园中的无用之人，当然曹公在写到黛玉的时候出于爱惜，用笔更隐晦一点，但我们也能看出，在"众人"眼中，林黛玉对于贾府这个大家庭是无益的。

知音难求，知音型的爱侣尤其难觅。千百年后，人们纷纷为杜丽娘那种情之所至，可以生可以死的深情所感动，殊不知，在丽娘而言，只不过是情欲的觉醒而已，就算没有柳梦梅，她同样会爱上张梦梅、李梦梅、西门梦梅。小龙女的情况也类似，在被尹志平进行性启蒙后，如若当初不是杨过而是其他人和她朝夕相处，我估计她同样会爱上张过、李过、欧阳过。

这世上情侣千千万，但其中九百九十九万的人对于另一半来说，根本就没有不可复制性，所以我们绝大部分人的爱情都貌似牢不可摧，实际上可以在弹指间灰飞烟灭，替代品无处不在，我们和对方都太容易被另一个人取代。

宝黛爱情的难以取代之处，就在于他们具有共同的精神世界，并为了捍卫这个精神世界而与现实世界负隅顽抗。宝玉因为结交戏子琪官被贾政暴打后，黛玉去看他，哭得一双眼睛桃儿似的，说："从今以后，你都改了吧。"这话当然是试探，所幸宝玉没有辜负她的期望，很硬气地回答说："便为了这些人，我死了都愿意。"宝黛之间化嫌隙为知心，当始于是。

廿三回所写的宝黛"共读西厢"是两人爱情故事中最为精彩的片段之一。却说这天，宝玉携着一本《西厢记》来到沁芳闸桥边坐着阅读，遇到了前来葬花的黛玉。黛玉忽见宝玉手中拿着一本书，便问是什么书？宝玉见问，慌得将书藏于身后，说道"不过是《中庸》《大学》"。后被黛玉索逼不过，只好将书递出。黛玉见是《西厢记》，内心喜不自禁，坐在石上翻阅。

我特别喜欢老版《红楼梦》电视剧中对这一桥段的处理。其时正是暮春时节，宝黛二人埋首书中，不时交换一个会意的眼神，他们的背后，落红簌簌而下，这画面美得像诗。记得电视剧热播时，几乎每户人家的墙壁上都贴着这么一幅"共读西厢"图。

在宝黛"共读西厢"这场戏中，最有趣味的就是他们以曲词挑情逗爱，以试真情。宝玉借《西厢记》中张生所说的两句话"我就是个'多愁多病身'，你就是那'倾城倾国貌'"向她倾吐内心的爱慕之情。黛玉因顾及少女的矜持，不觉怒嗔宝玉，说要告诉舅舅、舅母去，后见宝玉向她告饶的窘态，遂又转嗔为喜，也借《西厢记》中红娘所说的话来嘲笑宝玉是"苗而不秀的银样镴枪头"。

试想想，如果宝玉碰到的是宝钗，她会如何反应？可能会板起脸来，教训他说："宝兄弟，你我年纪尚小，不可被这些闲书移了性情，有空还是读读《中庸》《大学》才是正经。"她绝不可能像黛玉一样，喜不自禁，软语谐谑。

宝黛二人均不是人间客，尚未沾染人世间的尘俗之气，处世做人都是出自本心，还没有学会掩饰，喜时就笑，悲时就哭，他们是大观园中的两个赤子。

黛玉抒发性灵的诗并不是每个人都喜欢，诗社社长李纨就多次表示她的诗不够"含蓄浑厚"，独宝玉一人始终觉得这个妹妹的诗做得极好。每逢诗社，如果是黛玉拔了头筹，他就喜不自胜地表示"极公"，如果是其他人占了上风，他马上就跳出来说"还要斟酌斟酌"。

宝琴拿着黛玉做的《桃花行》给他看，戏说是她做的。宝玉见了，并不称赞，却滚下泪来，便知出自黛玉。宝琴说难道我的才气不比林姐姐，就写不出这样的诗句？宝玉回答你年纪尚小，不比林妹妹经历过离丧，且宝姐姐断不会让你写出如此悲凉的诗句。

黛玉的诗总是能引起宝玉的强烈共鸣，在听到她悲悲切切地念出《葬花吟》时，痴人宝玉已是悲不自胜："不觉恸倒山坡之上，怀里兜的落花撒了一地。"

宝玉不仅是为黛玉的身世而恸，更是为生命和青春的流逝而恸。只有他，才能读懂黛玉诗词中潜藏的对美好事物一去不复返的哀悼。

巧的是，当宝玉为晴雯做《芙蓉女儿诔》时，唯一的听众也是黛玉。有人说，《芙蓉女儿诔》是借晴雯来悼黛玉，我倒觉得，这是一首青春的悼歌，流露的仍然是"一朝春尽红颜老，花落人亡两不知"的伤逝之感。

在高鹗的续著中，失去了通灵玉的宝玉，变得痴痴傻傻，恰恰这个时候，凤姐安排了调包计，宝玉和黛玉越来越隔膜。我宁愿理解成，是因为失去了黛玉，宝玉才华彩尽失。

宝黛二人确实是真正的知音，好像彼此在人群中的回声，美是他们共同的宗教，他们执着于青春，执着于美好，执着于理想主义。他们借所爱来完成了自己，他们的生命，也因为彼此的存在才能更加焕发光彩。

在"大观园试才题对额"一回中，贾政批评宝玉说，他所得也无非是一些"精致的淘气"罢了。在我看来这简直是最好的赞美。"精致的淘气"并不易得，它需要有钱、有闲和一颗真正懂得缠绵的心，大观园中符合这个条件的，只有双玉。

顾城说，他渴望被人精美地爱着。我想，宝黛之恋的动人心魄之处，就在于他们被彼此精美地爱着吧。

情深不寿

十几岁的时候看《书剑恩仇录》，乾隆赠陈家洛一块玉佩，上面写着"情深不寿，强极则辱。谦谦君子，温润如玉"。

看到情深不寿四个字，不知为何，忽然心中一酸。人们说，情深不寿说的是香香公主，我当时联想到的却是同样早夭的林黛玉。

在高鹗的安排下，一生凄凉的苦绛珠在病床上魂归了离恨天。其实，与其说黛玉死于病，死于不幸，倒不如说她死于情，死于自身，大观园中的"风刀霜剑"只不过加快了她的毁灭。

自古情多累美人，本非人间客的林妹妹注定是个悲剧人物。在"寿怡红群芳开夜宴"一回中，黛玉得了一枝芙蓉，题词为"莫怨东风当自嗟"。这就说明了，黛玉最终的结局怨不得他人，只是性格使然。

当理想主义者不能实现自身之理想时，往往不愿苟活于世上，从黛玉的身上，我们可以看到一个执着于自我的不合时宜者是如何走向毁灭的。一部红楼，主题就是把美的东西毁灭给人看。

黛玉的气质中自有一种清冷，骨子里却是极热的，因此曹公送她一个"痴颦儿"的外号，甚至在《红楼梦》章目中再三点出黛玉之"痴"。譬如：痴情女情重愈斟情、慈姨妈爱语慰痴颦。"痴"即执着，黛玉看起来通透，实际上是大观园中头一个看不透、勘不破的痴人。这个"痴"并不局限于感情上的"痴情"，而更接近于一种不为流俗世故渐染的赤诚，一种孤高耿介不合时宜的人格。

她喜散不喜聚，是因为受不了欢聚过后的那份凄凉，比之宝玉的喜聚不喜散，看不透的程度更进一层。她日日苦吟，病犹不辍，正是源于那份为诗着魔的痴性；和宝钗互剖金兰契后，她在风雨之夜心心念念着闺中知己，偶然露出了深情的本性。晋时王衍所谓："圣人忘情，最下不及情。情之所钟，正在我辈。"此话可移为颦儿自道。

黛玉之痴外化为流之不尽的泪珠儿，她到人间的使命原本就是"还泪"。她不单是为自己落泪，还为落花垂泪，对明月悲泣。对春花秋月尚且如此多情多意，何况对人。天若有情天亦老，深情如斯，如何能永？

情深不寿似乎是大多数天才型诗人的最终归宿。在黛玉的身上，似乎能看到郁郁早亡的晚唐诗人李贺的影子。

李贺本是曹雪芹十分钟爱的诗人，曹雪芹的朋友敦诚曾夸奖他"诗追李昌谷，狂于阮步兵"，又说"爱君诗笔有奇气，直追昌谷破篱樊"。说明曹雪芹的诗风与李贺一样，皆具变幻莫测之妙，都有着独特的浪漫风格和奇幻的笔调。

纵观大观园群芳，谁的诗风最似李贺？毫无疑问是林黛玉。我猜想，兴许曹公是想借这位女诗人来一展他的诗才、诗情和审美情趣。李贺诗境以幽僻冷艳为主，他的《将进酒》以"琉璃钟，琥珀浓，小槽酒滴真珠红"起首，却以"况是青春日将暮，桃花乱落如红雨。劝君终日酩酊醉，酒不到刘伶坟上土"作结。一句"桃花乱落如红雨"，那缤纷的花雨飘洒在大观园的红楼一梦之中，成为弥漫于这部旷世巨作及黛玉春恨秋悲中的基本韵调与色彩。

黛玉之花冢又名"埋香冢"，有学者指出，应取意于唐李贺《李长吉歌诗》卷四《官街鼓》"柏陵飞燕埋香骨"，第二十七回目下句正作"埋香冢飞燕泣残红"：曹雪芹将黛玉比赵飞燕，除了以其形体之瘦削象征她性格之清高孤傲外，从李贺诗句联想构思也有可能。

李贺和黛玉一样，都是性格抑郁的人，这种人容易放大生活中的不幸。一遇挫折，即使正值青春年少，也难免会感叹"我当二十不如意，一生愁谢如枯兰"。黛玉之诗被人目之为"怨"，正是源于这股抑郁不平之气，而长期处于这种状态肯定对健康不利。

这毫无疑问是个悖论，上天仿佛存心和天才们过不去，你要么多愁多病，要么流于平庸。李贺也好，黛玉也好，他们都没有辜负上天赐予的性情和才华，他们一生都在与诗纠缠，他们的得意与失意都在诗之中。

在宿命面前，他们没有逃避，而是勇敢地迎了上去。有时候我想，黛玉虽然早夭了，却是真正的勇者。至少，她从不怯懦。

现在关于黛玉之死的推测很多，我觉得她应该是病死的，也就是书中所说的泪尽而亡。前八十回中为她患病身亡其实铺垫得挺多的，如果是自杀，没必要设这么长的伏线。但不管自杀还是病死，黛玉对于死亡的态度是迎合，而不是抵抗。她拒绝再在这个幻灭的世界上生存下去。

萧红的黛玉心

近来重读萧红的文集，联想起其人其事，忽然觉得，这个跋涉在生死场上的东北姑娘，她刚烈大气的外表下，埋藏的却是一颗剔透玲珑的黛玉心。

聂绀弩曾对萧红说："萧红，你是才女，如果去应武则天皇上的考试，究竟能考多高，很难说，总之，当在唐闺臣前后，决不会到和毕全贞靠近的。"

萧红笑着说："你完全错了。我是《红楼梦》里的人，不是《镜花缘》里的人。"

这使聂绀弩颇感意外，他不知道萧红会是《红楼梦》里的谁。

萧红解释说："我是《红楼梦》里的那个痴丫头。"

她说自己像那个梦里也作诗的痴丫头香菱，其实她的才气远远超过香菱，直逼黛玉。在遇人不淑这方面，她和香菱的命运确有相似之处。香菱最大的特点便是"呆"，对于薛蟠的打骂，她毫无怨言，对夏金桂的荼毒，她逆来顺受。

可萧红这个女子，岂是一个"呆"字能够形容的。她最大的悲哀是，有着香菱那样不幸的遭遇，偏偏又似黛玉般孤傲敏感，她的疼痛一定是加倍的吧。

这个倔强的东北姑娘，从故乡的呼兰河漂泊至香港的浅水湾，一路求索，一路流离，在情爱里沉浮，在情爱里颠沛，最终却带着满心遗恨客死于异乡。

萧红和黛玉一样都是异乡人，她们的灵魂伴着疲惫的身躯四处漂泊，与生俱来的叛逆天性注定了她们的与世不合。当周围人都试图去融入生活时，她们却固执地退守于自己的幽僻小天地中，拒绝和生活达成和解。

有人说，萧红这样的女子才是真正的勇敢。但是我想，她在选择忠于自我天性时也会有所犹疑吧，像她这样敏感抑郁的人，任何一点痛苦都会让她有所感应，她不管不顾地勇敢着，心里却未必是不痛的吧。就像她说的那段名言："女性的天空是低的，羽翼是稀薄的……不错，我要飞，但同时觉得……我会掉下来。"

非常喜欢刘超在评价萧红时的一段话："萧红是带着疼痛感而生活的，自然也是带着疼痛感而写作的。这在常人，是不可承受之重；然而，也恰恰是此点，成就了萧红辉煌的文学世界。"

或许带着疼痛感写出来的文字才更加打动人。萧红和黛玉的文风都有着淡淡的忧伤和浓浓的诗意，我想起初读《呼兰河传》时，读到"满天星斗，满屋月光，人生何如，为何如此悲凉"时，感觉胸口一恸，像是有只手在那里捶了一下。这种对生命本原状态的追问意识，和黛玉在《问菊》一诗中呈现出的情境何其相似。

回望萧红一生的坎坷情史，我有时候禁不住替林妹妹庆幸，我不敢想象，如果黛玉没有遇到宝玉，而是嫁给了薛蟠，会不会和萧红一样呢？

萧军当然不像薛蟠一样粗俗无知，但他的不懂怜香惜玉，又和呆霸王有什么区别？葛浩文在萧红传记中说，在"二萧"的关系中，萧红是个"被保护的孩子、管家以及什么都做的杂工"，她做了萧军多年的"佣人、姘妇、密友以及出气包"。

他们原本可以演绎一段有如宝黛之恋那样的传奇故事。那时，萧红被人抛弃在小旅馆中，贫病交加，是萧军向她伸出了援手。他甚至是她的第一个伯乐，是他发现她的文学才华，并鼓励她走上了文学创作这条路。如果没有这个义薄云天的铁汉萧军，就没有后来写出《生死场》《呼兰河传》的萧红。

那时的萧红如何能够想到，当初那个从天而降的青年侠士，有一天会将拳头对准她纤弱的身体？他发现了她的才华和美好，却并不懂得珍惜和爱护。

萧军曾说："她不欣赏我的'厉害'，而我又不喜欢她那样多愁善感、心高气傲、孤芳自赏、力薄体弱的人。我爱的是史湘云、尤三姐，不是林黛玉。"不幸的是，萧红恰恰是一个酷似林黛玉的女子，她没有碰到真正懂她的知音。

比较起来，黛玉能够遇见宝玉，该是怎样的幸运。所以我想，黛玉在临死之前，是不可能直呼"宝玉你好……"的，经历了手帕题诗、互诉衷肠等一系列事件后，宝黛之恋终于走向成熟，之前的嫌隙一扫而光，他们已经心心相印。黛玉对她唯一的知音宝玉，只有感激和牵挂，并无猜忌和怨恨。

泪尽而亡，只是耗尽了对这个世界的热望而已。是这个世界伤了黛玉的心，而不是宝玉。她走得有些遗憾，但还算安心。

弥留之际还在呼唤情郎名字的，是萧红，她在病榻上说："如果萧军知道我病着，我去信要他来，只要他能来，他一定会来看我，帮助我。"正因为一辈子受尽白眼冷遇，没有得到过丰盛的爱，所以她特别不甘心。

可再不甘心，她也只有与碧海蓝天永处，"留下那半部《红楼》给别人写了"。那一年，她只有 31 岁。

若干年后，她的第二任丈夫端木蕻良在年近七十时，还曾和刘心武说："心武，我这么一大把年纪，我想续写《红楼梦》，还不知道能不能把这件事做出来。"

我不知道，如果端木来续《红楼》，他会怎样去写黛玉之死呢？

宝钗 ◇

名教中自有乐地

都道是金玉良姻，

俺只念木石前盟。

空对着，山中高士晶莹雪；

终不忘，世外仙姝寂寞林。

过日子的艺术

李少红版的《红楼梦》虽然有很多细节处理得不当，但还是有点睛之笔的。比如说钗黛两人的服装风格处理得不错，黛玉的衣服花样甚多，色彩也清新明丽，而李沁饰演的宝钗呢，则总是一袭素净衣裳，身上从来看不到明黄、大红这些艳丽的色彩。

这和原文是相契合的。《红楼梦》问世以来，关于钗黛二人的衣着打扮素来有被误读的嫌疑。在不少读者心目中，宝钗应该打扮得花团锦簇，尽显富贵气象，黛玉则永远是一身白衣，俏生生的似乎就要绝尘而去。而事实上，黛玉最是小资做派，在服饰方面是极其讲究的，过个生日也要换上几遍衣服。雪地里烤鹿肉那一回，薛宝钗只穿一件莲青色的鹤氅，黛玉则打扮得相当齐整，"换上掐金挖云红香羊皮小靴，罩了一件大红羽纱白狐狸里的鹤氅，束一条青金闪绿双环四合如意绦"，这大红闪绿的读起来叫人觉得眼前如云霞缭绕般的灿烂炫目。

真正天生不爱花儿粉儿的是宝钗，她的第一次正式出场，是送宫花那一回，让我们随着周瑞家的走进这位宝姑娘的闺房：周瑞家的轻轻掀帘进去，见王夫人正和薛姨妈长篇大套的说些家务人情话。周瑞家的不敢惊动，遂进里间来。只见薛宝钗家常打扮，头上只挽着鬟儿，坐在炕里边，伏在几上，和丫鬟莺儿正在那里描花样子呢。

从这次出场后，作者便奠定了宝钗这个人物的基调，她出现在我们面前的时候，总是很家常的样子，穿着半旧衣服，做着针线活儿，身上还散发着一股好闻的香味儿。看着她坐在那里描花样子，就让人心生笃定，仿佛日子可以这样天长地久地过下去。

和黛玉相比，宝钗显然是更宜家宜室的。如果说黛玉是诗意生活的践行者，宝钗则在实实在在地过日子。黛玉一伤心就去葬落花，宝钗偶尔来了兴致便去扑彩蝶；黛玉闲了，就坐在潇湘馆中教鹦鹉念诗，宝钗每有空时，就和丫头们描描花样子，做做针线活；和湘云在凹晶馆中联句的是黛玉，为湘云张罗螃蟹宴的是宝钗；宝玉挨打后，哭得两个眼睛似桃儿的是黛玉，托着药丸前来慰问的是宝钗。

正如红学大家王昆仑所说，宝钗把握着现实，而黛玉沉酣于意境，黛玉这样的女子是风露清愁的出水芙蓉，吃不得螃蟹，染不得烟火，她的美纯粹是灵性的，而宝钗呢，则是人间富贵花，她的美是实实在在、触手可及的，不单是读者，连书中的宝玉，也有好几次被她丰美的容貌打动。

我们来看看宝玉眼中的宝钗，第八回识金锁一回中，宝玉来到宝钗所住的梨香院：宝玉听了，忙下炕来，到了里间门前，只见吊着半旧的红绸软帘。宝玉掀帘一步进去，先就看见宝钗坐在炕上作针线。头上挽着黑漆油光的鬟儿，蜜合色的棉袄，玫瑰紫二色金银线的坎肩儿，葱黄绫子棉裙，一色儿半新不旧的，看去不见奢华，惟觉雅淡。唇不点而红、眉不画而翠。脸若银盆、眼如水杏。

书中几次将宝钗比作杨妃，曹公在塑造她的容貌时的确是比照着杨玉环来写的，脸若银盆、眼如水杏，鲜艳妩媚得只有国花牡丹差可比拟。所以张宗子先生在《此岸的薛宝钗》一文中说，宝钗的美是盛唐风度的纯净明朗，不矫揉造作，无丝毫病态，真真切切，实实在在。这样一个美貌的女子，竟似对自己的美浑然不觉，平时并不着意装扮，只是穿着一色儿半新不旧的衣服。宝钗的素雅与其说是标新立异，不如说是她生性简朴、注重实用的表现。

宝钗是大观园中的第一号通才，但她不像黛玉那样只注重艺术上的追求，而是具有务实的生活知识，她的"通"，表现在过日子的艺术上。如果说黛玉是诗词领域方面的专家，宝钗则是集大成的通才，对诗词、绘画、佛学、戏曲乃至女红、中药等都有涉猎，所以探春称她为"通人"，宝玉也说"姐姐通今博古，色色都知道"。

惜春作画那一回，引出了宝钗一番精妙的画论："我有一句公道话，你们听听。藕丫头虽会画，不过是几笔写意。如今画这园子，非离了肚里头有几幅丘壑的才能成画。这园子却是象画儿一般，山石树木，楼阁房屋，远近疏密，也不多，也不少，恰恰是这样。你就照样儿往纸上一画，是必不能讨好的。这要看纸的地步远近，该多该少，分主分宾，该添的要添，该减的要减，该藏的要藏，该露的要露。这一起了稿子，再端详斟酌，方成一幅图样。第二件，这些楼台房舍，是必要用界划的。一点不留神，栏杆也歪了，柱子也塌了，门窗也倒竖过来，阶矶也离了缝，甚至于桌子挤到墙里去，花盆放在帘子上来，岂不倒成了一张笑'话'了。"

这样的妙论，若非胸中大有学问者还真说不出来。宝钗还善于从通俗的事物中发现不为人知的好处，贾母生日的时候，她点了一出《鲁智深醉闹五台山》，宝玉不耐烦这戏的热闹，她笑着提点他："你白听了这几年的戏，那里知道这出戏的好处，排场又好，词藻更妙。"果不其然，她念出的那一支《寄生草》，令宝玉喜得拍膝画圈、称赞不已。

可是在宝钗看来，诗词曲赋、琴棋书画都只是小道，她平时"不以书字为事，只留心针黹家计等事"，还劝黛玉说"女子无才便是德，总以贞静为主，女工还是第二种。其余诗词，不过是闺中游戏，原可以会，可以不会。咱们这样人家的姑娘，倒不要这样才华的名誉"。

也许是在这种观念的影响下，制约了宝钗本身才华的发挥，她不可能像黛玉那样呕心沥血，将整颗心沉浸在艺术的境界之中，写出来的诗词，自然也不如后者那样有感染力。

作为读者的我们可能会为之遗憾，觉得每日做针线活简直是浪费了宝姑娘的才华，殊不知，对于宝钗来说，没有什么比踏踏实实过日子更重要，她不做遥不可及的梦，不奢求生生死死的浪漫，不让自己有太多的春恨秋悲，这样的日子兴许不够诗意，但是谁能够说，细水长流的安稳一定比不上轰轰烈烈的刹那？

山中高士

幼时看《红楼梦》，我对宝钗是不太感冒的，总觉得她不大对我的脾胃。后来在社会上历练了一番，再来重读，发现宝钗有个大好处，不仅是黛玉等人不及，连现代女子都未必赶得上——她活得特别松弛。

松弛是一种多么美好的状态啊。作为一个将有限之生命交托给无限之焦虑的现代人，我对宝钗的这种生活状态简直是向往之至。不单单是我，和宝钗相比，大观园中的其他姐妹，大多数心里好像也总绷着一根弦，不是跟自己较劲，就是跟环境较劲，不敢放松、无法从容。

黛玉葬花、探春理家或者凤姐治丧这些场面相当精彩好看，但是好看之余，连作为读者的我们，都在为她们捏着一把汗，总觉得这些姑娘太好强，用力过猛。只有读到和宝钗有关的章节，我们才会长长地舒一口气，只要宝姐姐一出场，剑拔弩张的气氛就能为之缓解，她的身上有一种优裕从容的特质，能够在重压之下也保持着优雅的风度。

大观园众姐妹中，宝钗和探春可以说是主流和正统的代表人物，但即便同是主流人物，这两个人给大家的感觉也大不一样。探春方正有余，且有着不必要的设防，真正做到了从心所欲不逾矩的是宝钗。

王夫人把家务事托付给探春等三人后，探春奋起改革，力除旧弊，但不免锋芒太过，比较起来，宝钗更为识大体，注意点到为止。所以探春在曹公笔下只得了一个"敏"字，却将"时"字赠给了宝钗。

所谓时者，即合乎时宜，宝钗的为人处世，处处显示出对当下时代和环境的顺应。同样的生活环境，黛玉的感觉是"一年三百六十日，风刀霜剑严相逼"，可宝钗却如鱼得水，游刃有余，书中说她行为豁达、随分从时，她深谙一切规则，知道在什么场合该说什么话、做什么事。

作诗，她善于拿捏分寸，并不求压倒众人；穿衣，她总是穿着家常衣裳，好像对自己的美浑然不觉；管家，她任由探春走到前台，自己甘于退到幕后；待人，她不亲不疏，不远不近，可厌之人未见冷淡之态，可喜之人亦未见醴密之情。

历来的红学家，总爱把宝钗当成封建淑女的标本来批判，其实想想，黛玉不被礼教束缚的自由主义作风是出自天性，宝钗和礼教相适应的低调中庸作风何尝不是出于天性？我本来是更倾向于黛玉的，也忍不住要为宝钗说句话。我们不能因为一个人的个性于己不合，就觉得那是虚伪、是矫情，宝钗的行事作风，放在黛玉身上显然太过勉为其难，但对于她来说却是再自然不过的。

《世说新语》云："王平子（澄）、胡毋彦国（辅之）诸人，皆以任放为达，或有裸体者。乐广笑曰：'名教中自有乐地，何为乃尔也。'"名教之于黛玉是一种无形的束缚，时时都想挣脱，但对于宝钗来说并不存在这一问题，她已经习于从名教中得到乐地了。

冯友兰的《论风流》一文中曾经指出，照新儒家的看法，"名教"与其说是"自然"的对立面，而毋宁说是"自然"的发展，从这个角度来看，宝钗的行为处处符合封建伦理的规范，可以看成是自身天性的发展。她的《咏白海棠》一诗中有"珍重芳姿昼掩门"之句，可以算作她的夫子自道，这样一个雍容浑厚的姑娘，你要她像黛玉一样快人快语，或者像湘云一样大说大笑，那倒是违反了她的本性。

如果把宝钗看成被封建思想洗了脑的无知少女，那对她真是极大的误解。宝钗的见识之高，在十二钗中是首屈一指的，黛玉第一次读《会真记》，只觉得词藻警人，余香满口，可在宝钗看来，不过是幼时的小玩意，实在算不了什么。她劝导黛玉的那段话，素来被喜欢黛玉的粉丝所诟病，认为全是在宣扬"女子无才便是德"，事实上宝钗的说辞中别有深意，且看这段：

"男人们读书不明理，尚且不如不读书的好，何况你我。就连作诗写字等事，原不是你我分内之事，究竟也不是男人分内之事。男人们读书明理，辅国治民，这便好了。只是如今并不听见有这样的人，读了书倒更坏了。这是书误了他，可惜他也把书糟蹋了，所以竟不如耕种买卖，倒没有什么大害处。"

从话中可以看出，宝钗认为男人们读书并不曾明理，反而把书给糟蹋了，这番见识不可谓不卓越，显然脱离了"无才便是德"那套陈腔滥调。这番话也显示出了宝钗高处不胜寒的寂寞，放眼书中，黛玉尚且有宝玉这样一个知音，宝钗却没有碰到一个真正懂得她好处的知己。

前文说过，宝钗是书中的头号通人，宝钗之通，不仅在于博学通识，更在于为人处事有一种圆通的智慧，就像她在《咏絮词》中所说的那样："万缕千丝终不改，任他随聚随分。"谁能够想到，这种随缘顺天的处世态度，并没有给她带来好运，反而在宝玉出家之后，使她熬过了冷清的下半生。

从宝钗的身上，我们可以看到名教和自然是怎样完美地统一在一起的，这种完美统一，部分出自天性，部分来自后天的阅历。

大观园中的女子，黛玉聪明绝顶，真正说到人生智慧，还是要逊宝钗一筹。说实话，在我印象中，宝钗似乎从未年轻过，那个脱口说出"好风凭借力，送我上青云"的小女孩，我想起来也是少年老成的样子。

而黛玉呢，终其一生，我都觉得她身上流淌着少年人青春诗性的血液。富有文人气质是好事，但这种气质过浓的结果，就是过于任性使气，无法和现实取得妥协，不能获得世俗的幸福。

黛玉是世外仙姝，宝钗则是山中高士，她的行为做派，总让我想起东晋时那个著名的山中高士——谢安。谢安于天下大乱时高卧东山，时机一到便下山为官，可以隐则隐，可以仕则仕，称得上是东晋名士中的"时者"，这一点和宝钗的做派非常相似。不仅如此，宝钗那种优裕从容的风度，和谢安也是一脉相承的。

只可惜，身为乱世中的一名女子，宝钗终其一生，都没有等到待时而飞的机会。宝玉出家后，她的后半生，便只有萎谢了。

人群中的宝姐姐

有些人是天生属于人群的，宝钗就是如此。

一部《红楼梦》，几乎很少看到她有独处的时候，她身边总是围着一堆人，永远都是那个最合群的存在。

一般来说，过分自我者很难融入人群，因为自我意识太强，不会站在对方的角度上看问题。要想得到他人的认可，秘诀无他，无非是"设身处地"四个字。宝钗和人相处，就无时不考虑到对方的感受和需要。

她过十五岁生日时，贾母因"喜他稳重和平"，特意拿出二十两银子来，为她置备戏酒。当老太太问她"爱听何戏，爱吃何物"，宝钗"深知贾母年老之人，喜热闹戏文，爱吃甜烂之物，便总依贾母素日喜者说了出来"。

元妃省亲时，她见宝玉这个愣头青所写的诗中有"绿玉春犹卷"之句，便急忙转身悄悄提醒他："贵人因不喜'红香绿玉'四字，才改了'怡红快绿'；你这会子偏又用'绿玉'二字，岂不是有意和他分驰了？况且蕉叶之典故颇多，再想一个改了罢。"并替他想出用"绿蜡"二字来替换，这般缜密的心思，既考虑到了读诗者的喜好，又替宝玉解了围。

若是从这两个事例中得出宝钗喜欢讨好人和奉承人的结论，那未免太过看低她了，宝钗的善解人意，并不只针对上层而言，对于平辈乃至下人，她都是一派浑厚、面面俱到的。第七回中，王夫人的陪房周瑞家的到梨香院来，宝钗一见她，连忙放下手中的活，满脸堆笑，说："周姐姐坐。"和她亲热地拉起了家常。我们几曾见过其他姑娘主子和下人们这般亲热？

赵姨娘是贾府中头一个不讨喜的，连自己的亲女儿都嫌弃她，那么宝钗的态度如何呢？一次，薛蟠从南方带回一箱礼物，宝钗一一打点送给各处，也送了贾环一份。赵姨娘为此感激涕零地说："怨不得别人都说宝丫头好，会做人，很大方，如今看起来果然不错。他哥哥能带了多少东西来，他挨门送到，也不露出谁薄谁厚，连我们这样没时运的，他都想到了。若是那林丫头，他把我们娘儿们正眼也不瞧，那里还肯送我们东西？"

宝钗真的在心里瞧得上赵姨娘母子吗？只怕未必。她送贾环礼物，更多的是出于礼貌，当然，如果换了目下无尘的黛玉，是连敷衍都断不会去敷衍的。宝钗不像黛玉那样有精神上的洁癖，而是善于包容。她的这种品性，会令人想起老子笔下利万物而不争的水，水虽然能藏污纳垢，却无伤于它至洁的本质。

在众姐妹之中，宝钗更是那个人缘最好的。姐妹们谁有了什么实际上的困难，她永远都是那个雪中送炭的宝姐姐。

邢岫烟寄人篱下，把棉衣当了，天冷时竟然还穿着夹衣，宝钗见了忙替她赎回冬衣，还特意嘱咐说："你且回去把那当票叫丫头送来，我那里悄悄地取出来，晚上再悄悄地送给你去。"

史湘云一时兴起，说要起个诗社，却没想到自己手中根本没有请客的银子，众人都不以为意，唯有宝钗注意到了她的难处，忙为她张罗了一桌螃蟹宴，怕湘云多心，又对她说："我是一片真心为你的话。你千万别多心，想着我小看了你，咱们两个就白好了。"

黛玉素有肺疾，燕窝能养肺，但她不好意思向凤姐等人开口。末了还是宝钗差丫头送过来，还一并送来了熬燕窝的冰糖，这是何等的细致！

如此种种，便是宝姐姐之所以能成为宝姐姐的缘故了。在读者心目中，宝钗永远都是姐姐的形象，因为她符合我们对于一个姐姐的完美理想，代表着温柔、大度、春风化雨般的温情和恰到好处的体贴。

倘若还有人硬要说宝钗这么做是为了笼络人心以获得宝二奶奶的宝座，我想曹公泉下有知，估计也会大吐其血，恨天下并无解人。复杂且多义的人素来容易被误读，宝钗就是大观园众女儿中被误读最深的那个。

在诗社中，宝钗的诗通常是以气象格局取胜的，诗社掌门人李纨每每品裁高下，与其说是品诗，倒不如说是品人。论风流别致，钗不如黛；论含蓄浑厚，黛不如钗。春兰秋菊，各擅胜场，黛玉之长在巧思才情，宝钗之长则在气象格局，多少人爱慕这艳冠群芳的宝姐姐，就是因为她身上有寻常女子难得的大气。

正因为大气，宝钗对于贾府中的明争暗斗，总能保持着一份超然和淡泊，"不干己事不张口，一问摇头三不知"。抄检大观园后她立即搬出了园子，就是自重身份的表现。三十八回中她曾作《螃蟹咏》一诗，对那些横行霸道的人物极尽讽刺之能事，可见在宝钗的心目中，对于你争我斗、内部倾轧之类行为是很不屑的。世人都说黛玉是个眼高于顶的，殊不知，宝钗也有她的骄傲，只是她把这份骄傲隐藏得很深。

谈到宝钗的大气，就不禁要谈谈她最为人诟病的两件事了。金钏投井之后，她对王夫人讲的那番话，总招来过分冷酷之讥。其实在我看来，这只不过是宝钗实用主义的表现，金钏已死，说什么都于事无补，她的一番话是为了宽慰还活着的王夫人。

扑蝶时的脱身之计，更被无数拥黛派看成是嫁祸黛玉。这真是不白之冤了，宝钗的心机只是用在明哲保身上，并不存害人之心。

若她刻毒如此，岂不在境界上远低于黛玉，又怎能让百年之后的读者为了钗黛之争而至于挥拳相向？

宝钗和黛玉代表了两种不同的女子，一者接近现实，一者邻于理想，双美相峙，各臻其极，并无高低。她们的种种差异，在于安身立命的根基不同，黛玉执着于自我之完成，宝钗则追求与外界的和谐，一个为己，一个为人，出发点不同，最后的结局自然也不同。

如果要你选择和宝钗还是黛玉做朋友，你会怎么选呢？像黛玉这样的姑娘，交友态度可能是"我醉欲眠卿且去，明朝有意抱琴来"；而如果和宝钗相交呢，她会不动声色地帮你解决许多现实中的难题。

当然，对于我们来说，这并不是什么难题，大不了和两个人都做朋友嘛！真正为难的是贾宝玉，他所期待的兼美理想，终究还是落了空。

琴边衾里总无缘

十二钗的判词中，属于宝钗的那一首名为《终身误》："都道是金玉良姻，俺只念木石前盟。空对着，山中高士晶莹雪；终不忘，世外仙姝寂寞林。叹人间，美中不足今方信：纵然是齐眉举案，到底意难平。

其实想想，意难平的，又岂止宝玉一人？如果说黛玉最大的悲剧是没有嫁给宝玉，那么宝钗最大的悲剧就是嫁给了宝玉。

世人总是为宝钗苦苦规劝宝玉走仕途经济而讥讽她功利，殊不知，在那个时代，仕途经济才是符合主流的正道，宝钗的所作所为，无非是想尽力把丈夫往主流的路上拉而已。

结果，她还是失败了。她没想到，有朝一日宝玉会顽固至斯，再也不会听娇妻美妾的规箴。

这一误，就是终身啊。

《红楼梦》本是一部忏悔录，对宝钗的原型，曹公必定是抱着深深的歉疚的。他何尝不想走仕途重振家声呢，奈何与性相忤。就好像他原本也是想好好待她的，奈何那终究不是他想要的那个人，最后便只有辜负她了。

宝玉和宝钗之间的悲剧，可以用《白马啸西风》中的一句经典台词来概括：那些都是很好很好的，我偏偏不喜欢。也许并不是不喜欢，只是曾经沧海难为水。金玉二人，便如宝钗所制灯谜中所说的"琴边衾里总无缘"，怪只怪月老一时失手错配了鸳鸯。

起初，他对她并非没有动过心。毕竟，她是那样一个健康美丽的少女。那一次，他本是要瞧瞧她的红麝串，于是便有了下面这一幕：

可巧宝钗左腕上笼着一串，忽见宝玉问她，少不得褪了下来。宝钗生得肌肤丰泽，容易褪不下来。宝玉在看着雪白的一段酥臂，不觉动了羡慕之心，暗暗想道："这个膀子要长在林妹妹身上，或者还得摸一摸，偏生长在她身上。"正恨没福得摸，忽然想起"金玉"一事来，再看宝钗形容，只见脸若银盆、眼似水杏，唇不点而红，眉不画而翠，比林黛玉另具一种妩媚风流，不觉就呆了，宝钗褪了串子来递与他也忘了接。

他像是突然之间发现了她的美一样，这种美不同于黛玉的虚无缥缈，而是活生生触手可及的。在此之前，他只不过是个顽童，和袭人之间的事也像是在胡闹，只是当宝钗雪白的一段酥臂摆在他面前时，他忽然警醒到，原来女孩子的身体可以这般诱惑人。

而宝钗呢，也不是没有情动过。宝玉挨打之后，她亲自托着一丸药去看他，并且温言劝慰道："早听人一句话，也不至有今日！别说老太太、太太心疼，就是我们看着，心里也……"说到这，一贯矜持的她似乎也感觉到这话过于真情流露了，刚说了半句，又忙咽住，不觉眼圈微红，双腮带赤，低头不语了。

宝玉听得这话如此亲切，大有深意。忽见她又咽住，不往下说，红了脸，低下头，含着泪只管弄衣带，那一种软怯娇羞轻怜痛惜之情，竟难以言语形容。越觉心中感动，将疼痛早已丢在九霄云外去了。

一个娇羞脉脉，一个大为感动，眼看着金玉良缘就要奏响激昂的乐音了，只可惜，才一开头便戛然而止，随着黛玉前来探访，双玉之间愈发情浓，属于金玉之间的那段乐曲声音渐渐低下去，终于微不可闻。

同样是情窦初开的少女，钗黛两人的表现大不相同。黛玉对于自己的爱情一直是主动捍卫的，读《红楼梦》可以发现一个有趣的现象，每每宝玉和宝钗在密密闲话时，黛玉肯定就会出现，并拿话来提醒宝玉；宝钗呢，则最矜持不过，每遇宝黛在一起，便抽身避开，免得"一则宝玉不便，二则黛玉嫌疑"。

在这种较量之下，宝玉即便有心想和宝钗亲近，也会感到她实在是幽僻难通，慢慢地，心心念念便只记挂着林妹妹了。

曹公刻画宝钗过分矜持的性格，最为精彩的是写她有一种莫名的病症，需要服一种名为"冷香丸"的药。宝钗身上有股冷香，她也动情，但不热情；她也有泪，但没有热泪；她对外界始终有着一道防线，不肯轻易付出真情。

宝玉和黛玉，都是那种爱起来就不设防的人，身上有种不管不顾的气质，陷入爱中的时候，从来都不会懂得为自己保留几分。黛玉外表清冷，骨子里是极热的。两个女子都是我所欣赏的，但对黛玉感觉更亲近，可能是因为性情较为接近吧。

照宝钗的自矜，她不可能为了嫁给宝玉而处心积虑步步为营，她的种种行为，反而显示出了成全宝黛的大度。后四十回中，宝钗因父母之命，嫁给了宝玉，在她，也算是称心如意，却未必不含着一份对黛玉的歉意。所以高鹗的续著实在是把出嫁后的宝钗处理得太过冷酷无情，按照有关学者对佚文的探究，宝钗嫁给宝玉之后，应该有和他共同怀念黛玉的情节。

我总觉得，宝钗在后四十回中无意中起到了引导宝玉出家的作用，关于这个引领人的身份，前八十回中已有伏笔。

宝钗教宝玉以"绿蜡"代替"绿玉"时，宝玉喜不自禁，称她为"一字师"，可见宝钗日后可能有启发教诲他的行为，不然何以当得起这个"师"字？

宝钗生日时点了一出"山门"，宝玉不耐烦这戏的热闹，宝钗指点他如何领会戏中的好处，念了一首《寄生草》给他听："漫揾英雄泪，相离处士家，谢慈悲，剃度在莲台下。没缘法，转眼分离乍。赤条条，来去无牵挂。那里讨烟蓑雨笠卷单行？一任俺芒鞋破钵随缘化！"

宝玉正是从这支曲子中悟到了禅机，还提笔写下了一偈："你证我证，心证意证。是无有证，斯可云证。无可云证，是立足境。"此偈引发了钗黛二人对他的质问，宝钗还引经据典，说出了神秀和慧能的语录来，又引领着宝玉在开悟的道路上更进了一步，难怪脂砚斋评点说"（宝钗）一生为博知所误"。

其实不单是宝玉，宝钗也是个有慧根的，比起宝玉来，她更多了一份无可无不可的豁达。所以到了繁华散尽时，宝玉只有悬崖撒手才能得以解脱，宝钗却能在尘世中求得自在。这就是脂批所提示的"历着炎凉，知着甘苦，虽离别亦能自安，故名曰冷香丸。又以谓香可冷得，天下一切无不可冷者"。

宝钗的那些影子

说起宝钗的那些影子，可能人们第一个会想到袭人，脂批中明明白白地说了"袭为钗副，晴为黛影"，常被当作是一条明证。事实上，袭人并不是宝钗的影子。俞平伯撰文专论袭人和晴雯时就指出：晴为黛影，却非黛副；袭为钗副，却非钗影。

影和副是不同的，所谓晴为黛影，是指晴雯有着和黛玉类似的性情命运，但她们并无私交；袭为钗副，则是指袭钗二人是同一派系的，换言之，两人相互欣赏提携。

书中对这一点说得很明显，宝钗在丫头里面独重袭人，在二十一回中，宝钗听了袭人的话，认为她有些识见，便在炕上坐了，慢慢地闲言中套问她年纪家乡等语，留神窥察其言语志量，深可敬爱。后来湘云给了她一个绛石戒指，她转手就送给了袭人。

而袭人呢，心中也是偏向宝钗的，一来是认为宝钗教人敬重、心地宽大；二来是试探黛玉时闻听"不是东风压倒西风，就是西风压倒东风"之论，对黛玉有了戒心。

宝钗结交袭人，我认为只是出于欣赏爱惜，并无刻意拉拢之意。可站在袭人的角度，却自然而然盘算着要投桃报李，她在促成金玉良姻上是出过力的，不知读者可有印象，抄检大观园前她曾向王夫人说过一番话，大意是宝玉年纪大了，还在园子里和姑娘们一处不方便。这话就明显有影射黛玉之嫌，侧面加重了王夫人对黛玉的不喜。

从表面上看，袭人的温柔和顺、含蓄低调颇有宝钗之风，实际上这是曹公所惯用的"特犯不犯"的笔法，这两人的品格性情实在相差得太远。寿怡红群芳开夜宴时，宝钗抽中的花签是牡丹，袭人则为桃花，牡丹之雍容岂能与桃花之轻薄相提并论？

前八十回中，袭人是唯一一个和宝玉有私情的女子，我们可以想象，倘若这个丫头像宝钗那样的自矜，她怎会如此轻易顺从？拿什么早知道已许了给宝玉之类的话做借口是行不通的，怡红院中这些个丫头，谁都有成为准姨娘的可能，独袭人确和宝玉有云雨之事。

再者，姑且不论晴雯被逐是不是袭人告的密，袭人为谋得姨娘之位，步步为营，用尽心机，并不惜刻意讨好王夫人，这种种行为，在宝钗定是不屑为之的。

袭人对待晴雯的态度，和宝钗对待黛玉的态度也大不相同。晴雯死后，宝玉为之做诔，还将她比做海棠花神，袭人公然说："真真的这话越发说上我的气来了。那晴雯是个什么东西，就费这样心思，比出这些正经人来！还有一说，他纵好，也灭不过我的次序去。便是这海棠，也该先来比我，也还轮不到他！"嫉妒之情溢于言表。换了是宝钗，黛玉死后，我想她断断不会说这些无情的话，反而会和宝玉一起怀念林妹妹。

以品格论，袭人不如宝钗高洁；以性情论，袭人不如宝钗浑厚；以胸襟论，袭人不如宝钗大气，所谓的"袭为钗影"，我实在是不敢苟同。

要说到宝钗的影子，怡红院众丫头中确实隐藏着一个，我认为不是袭人，而是麝月。

麝月是怡红院中并不起眼的一个丫头，第二十回中，宝玉问麝月："你怎么不去玩？"麝月说："都玩去了，这屋里交给谁呢？"宝玉便感叹"公然又是一个袭人"。

可见麝月平时也是个稳重和平的，涉及她的笔墨并不多，但是细细看来，她的为人做派，并不是袭人的翻版，而活脱脱是一个丫鬟中的小宝钗。

麝月和袭人的最大区别在于，袭人是自觉自主地追求姨娘这一位置的，外表温和而内心好强，而麝月所作所为只是出于一个丫头的本分，无意在众丫头中脱颖而出。所以袭人在前八十回中风头出尽，后来却弃宝玉而去。最后留在贾府陪宝玉做完红楼一梦的丫头，是一直默默无闻的麝月。二者高下自见。

"寿怡红群芳开夜宴"一节里，麝月所掣花签为"荼蘼"花，荼蘼花是最晚才开的花，苏轼诗云："荼蘼不争春，寂寞开最晚。"此花既印证了麝月是陪伴在宝玉身边的最后的丫鬟，又代表了她"俏也不争春"的淡泊性格。

麝月出场不多，少言寡语，可并不代表她没能耐，相反，论口齿论才干，她实是众丫头中拔尖的那个。一次，晴雯撵坠儿，坠儿的母亲来和晴雯吵架，责说晴雯背地里叫唤"宝玉"这个名字，晴雯急得直嚷嚷，是麝月出马，一番话弹压得坠儿娘悻悻而去。后来芳官和干娘起了冲突，袭人收拾不了烂摊子，只得向麝月求助："我不会和人拌嘴，晴雯性太急，你快过去震吓他两句。"麝月过来三言两语，又说得那婆子羞愧难当、一言不发。

可见，麝月的低调，只是为了藏锋，有类于宝钗"罕言寡语，人谓装愚；安分从时，自云守拙"的做派。麝月的厚道也似宝钗，她和袭人走得很近，但同时也很照顾晴雯，晴雯生病她照顾，晴雯吵架她帮忙，对小丫头如坠儿之类的也不无体恤。宝玉最后有这样一个忠心耿耿的丫鬟陪着他送走春光，也不啻为一种福气。

除了麝月外，我们从大观园中的另一个姑娘身上也隐隐可见宝钗的影子，那就是邢岫烟。二者在大观园中，其实都是作为寄居者的身份出现的，只是宝钗有母亲和兄长可以依傍，岫烟却并不得姑姑邢夫人疼爱。

邢岫烟是贾府众多寄居者中的一个另类，她虽家道寒素，却一向端雅稳重，温厚平和，并不自轻自贱，贾府上下都很看重她，宝玉还称赞她"超然如闲云野鹤"。

由于邢夫人的慢待，岫烟月钱不够，穷得只能拿冬衣去抵押，但即便如此，她从来不抱怨什么，仍旧恬然自得。结诗社时，岫烟在一首咏红梅诗中抒情言志："看来岂是寻常色，浓淡由他冰雪中。"这种超然的态度，和宝钗咏柳絮词中所言的"万缕千丝终不改，任他随聚随分"有异曲同工之妙。

也许正是由于性情上的相近，宝钗对岫烟青眼相加，知道她典了冬衣后，忙悄悄地叫人赎了回来。薛姨妈代薛蝌向邢夫人提亲，这里面未必没有宝钗的影响。

评点家青山山农说："邢岫烟之依姑母，犹宝钗之依姨母也。乃宝钗如此赫赫，岫烟如此寂寂，俗态炎凉，人情冷暖，直有与人难堪之势。"

如果宝钗家境贫寒，她在贾府中的处境也许和岫烟一样"寂寂"吧。依宝钗对世情的通达，未必不会想到这一层。只不知，他朝宝钗沦落时，岫烟是否会一酬知己？

湘云 ◈

『迟钝』一点，你就快乐一点

富贵又何为，

襁褓之间父母违。

转眼吊斜晖，

湘江水逝楚云飞。

这一笑霁月光风

　　曾经听不少朋友说过："我最爱的红楼人物就是史湘云！"仔细一想，湘云的确称得上大观园中的万人迷了，人见人爱，车见车载，其受欢迎的程度可和金庸笔下的小郭襄一比。我们爱湘云的程度兴许不同，但是谁不喜欢她那种天真明快的气质呢？

　　和黛玉大张旗鼓的亮相不同，曹公直到第二十回才安排湘云正式出场。她出场得很突然。"且说宝玉正和宝钗顽笑，忽见人说：'史大姑娘来了。'"然后宝玉和宝钗一起去贾母处，"只见史湘云大说大笑的，见他两个来了，忙问好厮见。"

　　通观全书，我们会发现，曹雪芹居然忘了告诉读者湘云到底长得怎么样，我们只知道她长着"雪白的膀子"，蜂腰猿背，身材修长。湘云的出场就像一个我们熟悉的老朋友来访，她大说大笑着走进了千万读者的心灵深处，我们虽无从得知她长相如何，却只觉得无比亲切。

　　曹公用笔可谓神也，大说大笑四字，较之"云堆翠髻、唇绽樱颗"这样的套话，意态更浓，湘云天真娇憨的基调由此奠定。提到湘云，我们可能就会会心一笑，觉得一个可爱的小妹出现在眼前，她永远是那么憨态可掬，活泼可爱。林黛玉是大观园中的"泪人儿"，史湘云则永远随着笑声出场，这一笑，霁月光风耀玉堂，围绕在大观园中的愁云惨雾一扫而空。

在贾府随时可以听到她的笑声，那是真挚无邪的笑，发自乐观的天性，更皆出语谐趣。如行酒令："这鸭头不是那丫头，这头上那讨桂花油？"说不尽的俏皮，一时令人倾倒。她对生活永远兴味盎然，属于她的色彩明快、温暖，一如她在雪地里戴着的大红猩猩昭君套，那是和湘云最配的颜色啊。

对于别人说的笑话，她的反应比谁都强烈。刘姥姥进大观园，林黛玉说要惜春画个"携蝗大嚼图"，众人哄然大笑，只听"咕咚"一声响，不知什么倒了，原来是湘云伏在椅子上大笑，把椅子压得错了榫，连人带椅倒了。

湘云的爱笑，总会令我想到《聊斋》中那个"容华绝代、笑容可掬"的婴宁。生于深山中的狐女婴宁，笑容一派天真烂漫，纯真无邪。"孜孜憨笑，似全无心肝"。她的笑声无论在任何一种场合都是那么无拘无束，感染着周围的一切，洗涤着周围的一切。她见花而笑，见人而笑，嬉戏时笑，坐着笑，站着也笑，连结婚拜堂她都"笑极，不能俯仰"。

"婴宁"似出于《庄子·大宗师》，其中有"撄宁"，指"撄而后宁"，即经困扰而后达成合乎天道、保持自然本色的人生。

这两个女子，是曹雪芹和蒲松龄精心塑造出来的赤子形象，天真未凿，浑然天成。婴宁之笑，突出的是一个"黠"字；湘云之笑，突出的是一个"憨"字。

所谓憨者，即保持着一颗童心，以儿童的天真烂漫、直来直往来应对这个纷扰复杂的世界，湘云之所以能在红楼群芳中发出不同流俗的光彩，就在于她的天真直爽。这姑娘谈起话来，纵声大笑；吃起酒来，捋袖挥拳；趁兴时大块吃肉，忘形时划拳拼酒；既无视高低贵贱，又不拘于男女之别，与人相交一片本色，毫无功利之心。

湘云是大观园诸少女中最活色生香的一个，她有几个可爱的"小毛病"：

她是个饶舌女孩，是"话口袋子"，香菱请教她谈诗，她便"越发高兴了，没昼没夜，高谈阔论起来"。满口是杜工部之沉郁、韦苏州之淡雅、温八叉之绮靡、李义山之隐蔽，说个没完。连迎春都说："我就嫌他爱说话。也没见睡在那里还是咭咭呱呱，笑一阵，说一阵，也不知那里来的那些话。"

这么爱说话的姑娘，偏偏有咬舌的毛病。说话从不饶人的黛玉说："偏是咬舌子爱说话，连个'二'哥哥也叫不出来，只是'爱'哥哥'爱'哥哥的。回来赶围棋儿，又该你闹'幺爱三四五'了。"这是个多么可爱的缺点啊，至今我们读来，仍觉得爱厄娇音如在耳边。

她还有一点点多动症。抽个签也要"揎拳捋袖"，一喝酒只有她迫不及待地划起拳来，满头珠翠乱摇。喝酒的时候，她不喜欢玩沉闷的射覆，而是要划拳，因为这才够热闹。

这么一个爱说话、咬舌、多动的姑娘，多么像我们淘气的小时候，连她的小毛病都是孩童式的，带着孩子特有的无拘无束，我想我们之所以喜欢湘云，也许正是因为对童年生活的留恋吧。

说实话，我常能从我小表弟身上看到湘云的影子，他今年只有9岁。

大观园是一片女儿的天地，所谓"正在混沌世界，天真烂漫之时，坐卧不避，嬉笑无心"，金陵十二钗中，真正以赤子之心、烂漫性情为这名园增色的是史湘云。

我们原本都有一颗未染世俗的童心，从哪天开始，这颗心慢慢蒙尘了呢？《聊斋》中的婴宁，因为受邻家子的觊觎，被婆母呵斥，从此"不复笑矣"。我不知道，那个天真娇憨的湘云，在遭遇了夫死早寡等种种不幸后，还会不会保持她"大说大笑"的本色呢？

作为尘世中人，我猜得到开头，却猜不到那结局。

这一醉芬芳万古

大观园中的女子，似乎都是能喝几杯的。连体弱多病的黛玉，吃螃蟹时也会让人烫壶黄酒热热地喝上一口。"寿怡红群芳开夜宴"一回中，更是无拘小姐丫头，全都喝起酒来。若要问诸裙钗中谁最爱喝酒，想必略看过《红楼梦》的人都会跳起来答：史湘云！

像林妹妹这样的弱质美人，喝酒喝的是"晚来天欲雪、能饮一杯无"的情调，到了湘云这里，就成了"斗酒十千恣欢谑"了。所以她不爱行令，嫌那样太过文绉绉，宝玉和宝琴做寿，大家行令，"湘云等不得，早和宝玉'三''五'乱叫，划起拳来。"

这姑娘喝起酒来，放怀畅饮，毫不节制，以至于"吃醉了图凉快，在山子后头一块青板石凳上睡着了"。众人都去看时，果见湘云卧于山石僻处一个石凳子上，业经香梦沉酣，四面芍药花飞了一身，满头脸衣襟上皆是红香散乱，手中的扇子在地上，也半被落花埋了，一群蜂蝶闹哄哄地围着她，又用鲛帕包了一包芍药花瓣枕着。

众人看了，又是爱，又是笑，忙上来推唤挽扶。湘云口内犹作醉语说酒令，唧唧嘟嘟说："泉香而酒冽，玉碗盛来琥珀光，直饮到梅梢月上，醉扶归，却为宜会亲友。"

真是"古来圣贤皆寂寞，唯有饮者留其名"！这一醉芬芳万古，香梦沉酣的史湘云从此走进了人们的心中，数百年之后犹有余馨。

十二钗中，我觉得黛玉和湘云的个性气质中均含有魏晋风度，黛玉葬花、湘云眠石、凹晶联诗、烧鹿大嚼这几组特写镜头深具名士范儿，如果放到刘义庆那个时代，都是可以入《世说新语》的。

可由于个性不同，魏晋风度在黛玉那里内敛成了孤标傲世，在湘云这里则外化成了豪迈放诞。如果说黛玉追求的是一种出世的超脱，湘云身上更多的则展现出一种入世的情趣，这种对比在芦雪庵联诗中表现得十分鲜明：

下了场大雪，大家商议作诗，众人来到芦雪庵，独不见了宝玉和湘云，原来二人计算那块鹿肉去了，找到他们时宝琴说："怪脏的。"黛玉说："今日芦雪庵遭劫，生生被云丫头作践了。我为芦雪庵一大哭。"

听听湘云怎么说："我吃了这个方爱吃酒，吃了酒才有诗。若不是这鹿肉，今儿断不能作诗。""你知道什么！'是真名士自风流'，你们都是假清高，最可厌的。我们这会子腥膻大吃大嚼，回来却是锦心绣口。"

好个真名士自风流！每每读到这里，我恨不得自己能进入书中，化身为大观园中的一个小丫头，替湘云拨火烤肉，好让她"大吃大嚼"去。只恨林妹妹生来体弱，她的狂放也只能是精神上的狂欢，没法像云姑娘一样放浪不拘。

有时候我竟疑心，湘云是不是从《水浒》中穿越来的，不然的话，其他姐姐妹妹都是斯斯文文的，为何独有她一人大口吃肉、大碗喝酒？不过话说回来，如《水浒》中的顾大嫂、扈三娘之流，又怎及湘云锦心绣口、玲珑剔透？

湘云身上那种豪迈的情致，不会给人粗野之感，却自有一种风流放宕，深得魏晋风度之神髓。不妨引清代涂瀛《史湘云赞》中的一段评论文字："青丝拖于枕畔，白臂撂于床沿，梦态决裂，豪睡可人。至大烧大嚼，裀药酣眠，尤有千仞振衣、万里濯足之概，更觉豪之豪也。"

湘云之好饮，常令人想起竹林七贤中的阮籍、刘伶，个人觉得，阮籍虽然外表放诞，内心实际上十分苦闷，酒是他逃避现实的一种手段。湘云的放怀畅饮，从气质上更类似于刘伶的好酒成癖。

刘伶这个人，堪称是史上最著名的酒徒之一，据说才高八斗，可流传于世的仅一篇《酒德颂》。他的好饮好醉，不仅直接提升了竹林沙龙的酒精浓度，还给竹林之游注入了一种充满智慧、热力和豪情的"酒神精神"。

最有趣的是，有次刘伶的老婆劝他戒酒，刘伶就说好呀，你去弄点酒肉来，我对着鬼神发誓戒酒。等到酒肉摆上了桌子，醉醺醺地跪在祖宗的牌位前，念念有词地说："天生刘伶，以酒为名。一饮一斛，五斗解酲。妇人之言，慎不可听！"说完，又扑到酒肉之上，大吃大喝起来，直到烂醉如泥，瘫倒在地。

《世说新语》中关于刘伶的记载不多，但是都非常有趣，他这个人似乎整天都醉醺醺的，没什么正形。也许是因为酒精的缘故，刘伶活得不像同时代人那样沉重。他经常"携一壶酒，使人荷锸随之"，并且说："死便掘地以埋。"

刘伶的酒神精神，在盛唐的李白身上大放异彩，到了史湘云的身上仍可见一斑。酒对于他们来说不再是举杯浇愁的工具，而是畅享世间快意生活的凭借。我总觉得，这一类人心中都住着一个"永远的孩子"，他们活得潇洒而轻盈，他们的心皎如明镜，纵使能照见外界的尘秽，也不会留下污痕。庶几于佛家所说的"应无所住而生其心"。

红楼梦中人里，其实还有个人和湘云持一样的生活态度，那就是她的姑奶奶——史太君贾母。据脂砚斋透露，她从前便是枕霞阁十二钗中的人物，也曾是性情少女。老太君在晚年仍然时时流露出潇洒爽朗的个性，她喜欢和孙子们玩笑戏闹，厌恶贾政式的一本正经，她也是个爱喝酒的人。

第五十四回下半回写"王熙凤效戏彩斑衣"招引贾母欢笑，贾母果然笑道："可是这两日我竟没有痛痛的笑一场，倒是亏他才一路笑的我心里痛快了些，我再吃钟酒。"

看到这儿，让人不禁掩卷莞尔：不知道流淌在湘云身上的那种好酒的血脉，是不是这位姑奶奶的遗传？

在酒宴、灯会这类富有情趣的文化活动中，兴头最高最为活跃的，年轻一辈中是史湘云，老一辈的自然是贾母了。贾母年轻时可能没念过什么书，可这并不妨碍她对审美生活的追求，在书中，我们不时可以见识到她的高雅品位。

这位老夫人是一流的音乐鉴赏家，让小姑娘们演习时"就铺排在藕香榭的水亭子上，借着水音更好听"，中秋赏月时，她感慨："音乐多了，反失雅致，只用吹笛的远远的吹起来就够了。"

贾母同时又是出色的室内设计师，深谙房间陈设和色彩搭配之道。见宝钗屋内太过素净，就吩咐鸳鸯把那些石头盆景和那架纱桌屏一一拿过来摆设。发现潇湘馆用的窗纱是绿色的，她又说出了这样一番高论："这个纱新糊上好看，过了后来就不翠了，这个院子里头又没有桃杏树，这柱子已经是绿的，再拿这个绿纱糊上反不配。明儿就找出几匹来，拿银红的替她糊窗子。"

当然，她还是杰出的美食家、戏曲鉴赏家、管家能手、谈判高手……一直到老，贾母都在兴致勃勃地追求着生活中的乐趣，从史湘云的身上，我们可以看见这位老太君年轻时的影子。反之，我们也可以推测，湘云如果到了年老，是不是也和她这位姑奶奶一样活得兴兴头头的呢？

贾母和史湘云有一个共同点是不仅活得潇洒，而且活得有趣。其实，这也是诗意栖居的一种方式。对比她们的生活，我常常会自我反省，生活在现代、常常为名缰利锁所拘的我，是不是活得太拘谨、太刻板、太沉重？

湘云的"钝感"

十二钗中，有两个孤女，一个是黛玉，一个是湘云。父母双亡、寄人篱下的凄凉处境，几乎成了黛玉心中的一根刺，时不时扎着她敏感的灵魂。其实自古人生失意无南北，书中身世不幸的并不只她一个，看起来有些大大咧咧的史湘云，又何尝是在蜜罐里长大的？

一曲《乐中悲》集中展现了湘云的不幸，襁褓之间父母违，说明史湘云从小连父母的面都没有见过，跟着叔叔婶婶过日子，纵居那绮罗丛，谁知娇养？

书中有一处宝钗和袭人对话时谈起了湘云在家中的处境，湘云"在家里竟一点儿作不得主"，不仅没有大小姐的待遇享受，还要"在家里做活做到三更天"。湘云想办螃蟹宴回请大家，但"一个月通共那几串钱，还不够盘缠"，如果被"婶子听见了，越发抱怨你（湘云）了"。湘云也不愿待在史家，当史家差人来贾府接她时，她悄悄对宝玉说："便是老太太想不起我来，你时常提着，打发人接我去。"堂堂的史家大小姐，竟然生活得如此落魄和拘谨，令人感叹怜惜。

对比起来，黛玉在贾府虽然是个寄居者，因了贾母格外疼爱的缘故，倒确实没有人敢亏待她。偶尔替宝玉做个香袋，也得看乐意不乐意。我们很难想象，体弱的林妹妹倘每晚做活做到三更天，可不知要哭成什么样了。

有时候，人活得快不快乐，并不完全看处境，而是取决于天性。林妹妹何其敏感，敏感，自然比他人的感触更细致，体悟更深刻，观察更细致。同时，也更容易受到伤害。湘云呢，则是"憨憨的"，钝感成就了她的快乐。

"钝感力"一词其实是日本作家渡边淳一的发明，可直译为"迟钝的力量"，"钝感"，听上去似乎和迟钝、木讷等负面词汇相连，但它其实是"赢得美好生活的手段和智慧"。

就生存智慧而言，也许钝感比敏感更有价值。"钝感"并不是木讷，也并非笨拙无能。它应该是大智若愚的宽容境界，它可使一个人更从容地面对生活中的挫折和伤痛。

林史二人均以本色面目示人，可湘云身上带着一股爽气，不像黛玉那样郁郁寡欢。"钝感力"的头项铁律是要能迅速忘却不快之事，湘云也有感伤身世的时候，但很快就能从中解脱出来。热闹的中秋夜，独湘云和黛玉在凹晶馆中同坐，她原本也感到冷清，并抱怨宝姐姐不来结社，甚是无情，说到这里，突然话锋一转："他们不来，咱们两个竟联起句来，明日羞他们一羞！"

此话一出，豪情倍增，凹晶馆中的悲凉气息顿时为之一空。湘云的伤感都是带着明快气息的，来得快也去得快。在她的身上，从来看不到一丝压抑和隐忍，她像个顽童一样想笑就笑、想闹就闹。《红楼梦赞论》评价湘云为："颦儿失其辩，宝姐失其妍，非韵胜人，气爽人也。"

我们透过宝玉的眼睛，来看看黛玉和湘云性格的不同：

> 只有他姊妹两个尚卧在衾内。那黛玉严严密密裹着一幅杏子红绫被，安稳合目而睡。湘云却一把青丝托于枕畔；一幅桃红绸被，只齐胸盖着，那一弯雪白的膀子，撂在被外，上面明显戴着两个金镯子。宝玉见了叹道："睡觉还是不老实……"

通过对两人睡态的描写，将黛玉的处事精密与湘云的大而化之作了鲜明的对比。心思缜密的人容易"想太多"，而大而化之的人，看起来有点缺心眼，却因为简单而让自己少了很多苦恼。

敏感者对外界人事总是抱着一种疑虑的心态，潇湘馆中的林妹妹，见花落就掉泪，看月缺也伤心；谁说一句不中听的话，她就得瞎琢磨大半天；谁对她略冷一点，她就几天睡不好觉。具有钝感力的人，则不会对他人的缺点耿耿于怀，不会草木皆兵，不会拘泥于小节。

我们看湘云与人交往，纯粹是从自己的直觉出发，她相信人性的美好，并以赤子之心来回报那些对她好的人。她吃了别人的酒就要还席，也不计较自己到底有没有钱；有了几个绛石戒指，就巴巴地拿来送人，也不管人家是否会看重。

因了这份简单，湘云实际上是大观园中最容易亲近的人，只要你曾经对她好过，她就会回报以赤诚。

《红楼梦》第三十七回中，湘云想要摆螃蟹宴做东，宝钗了解她的难处，想要替她分忧，就尽力全程帮她筹划，不惜调动自家的资源。湘云从此认定宝钗是个好姐姐，到处夸赞她。

这点在和袭人的交往中也可见一斑，因为小时候袭人曾经服侍过她几年，所以湘云待袭人格外亲厚，不单常常替袭人做些宝玉的针线，连一个绛石戒指都不忘亲自带给她。那么袭人待她如何？有次湘云来了，住在林黛玉处，宝玉一大早就跑过去找她梳头，恰好被前来找他的袭人看见了，一下子"变生不测醋海生波"，足足和宝玉怄了一天的气。

再来看这段描写：

> 史湘云笑道："你还说呢。那会子咱们那么好。后来我们太太没了，我家去住了一程子，怎么就把你派了跟二哥哥，我来了，你就不象先待我了。"袭人笑道："你还说呢。先姐姐长姐姐短哄着我替你梳头洗脸，作这个弄那个，如今大了，就拿出小姐的款来。你既拿小姐的款，我怎敢亲近呢？"史湘云道："阿弥陀佛，冤枉冤哉！我要这样，就立刻死了。你瞧瞧，这么大热天，我来了，必定赶来先瞧瞧你。不信你问问缕儿，我在家时时刻刻那一回不念你几声。"

在这里，我都禁不住替湘云喊一声"冤枉"了，傻姑娘，你可知道，这位袭人姐姐是有些"痴处的"：服侍贾母时，心中眼中只有一个贾母；如今服侍宝玉，心中眼中又只有一个宝玉。依湘云的个性，怎么可能"拿出小姐的款来"，倒是袭人待她不如从前了。

胸无城府的湘云是看不出这些细微变化的，有人说她是"缺心眼"，也有人说她是"傻大姐"，其实迟钝一点，她就快乐一点，所以曹公赞她"幸生来英豪阔大宽宏量"，对他人少一点苛责，其实也是对自己宽厚。

对外界加诸自身的种种不幸，"钝感"的人往往能更加豁达。湘云那首被众人推为魁首的咏海棠诗中，有一句"也宜墙角也宜盆"，可以说是其开朗爽快、随遇而安的个性的自我写照。"也宜墙角也宜盆"，与其说是旷达，不如说是随遇而安，用庄子的话讲就是"呼我牛也而谓之牛，呼我马也而谓之马"。

在"凹晶馆联诗悲寂寞"一回中，黛玉又在对景感怀、倚栏垂泪时，是湘云走过来宽慰她："你是个明白人，何必作此形象自苦。我也和你一样，我就不似你这样心窄。何况你又多病，还不自己保养。"

其实湘云才是个真真正正的"明白人"，正因为从不自苦，她的生命力才异常顽强。物竞天择，"钝"者生存。所以我猜想，八十回后，即使再遭遇种种不幸，依湘云的性子，应该是能够挺过去的。

她的爱情沉睡着

湘云是红学大家周汝昌最爱的女子，因爱成痴，他竟然推断出最后和宝玉厮守在一起的是湘云。这一说法固然有"石破天惊逗秋雨"之妙，但是仔细想想，书中可曾有过这种迹象？

周老先生提出的一大佐证是湘云的金麒麟，意指宝湘才是真正的"金玉良缘"，其实还是要回到第一手资料中去，我们才能弄清楚，这双麒麟所伏的"白首双星"是何指。

脂砚斋第三十一回的回前批与回后批都涉及"金麒麟"公案。

> 金玉姻缘已定，又写一金麒麟，是间色法也。何颦儿为其所惑？故颦儿谓"情情"。（庚辰本回前批。）

> 后数十回，若兰所佩之麒麟正此麒麟也。提纲伏于此回中，所谓草蛇灰线，在千里之外。（庚辰本回后批。）

这里说得明明白白，金麒麟是为"间色法"，即故设疑阵，使人迷惑的意思。黛玉为情所迷，是以才会"为其所惑"。数百年之后的周老爷子之所以放着这条证据不论，我想也是因为太过偏爱湘云，同样"为其所惑"。

我们还是回到文本，来看宝玉和湘云的关系。

湘云的出场，在第二十回，但在此之前的第十九回，袭人曾对宝玉说："我从小儿跟着老太太，先服侍了史大姑娘几年，这会子又服侍了你几年。"

从袭人的话中可以看出，原来湘云倒是在贾府长大的，所以她正式出场时，就像十分熟悉的亲友不经意间来造访。种种迹象表明，我们总以为宝黛是典型的青梅竹马，事实上在黛玉之前，宝玉已经和湘云相熟了，她才是他人生的头一枚小青梅，是他的"枕霞旧友"。

作为一个博爱主义者，宝玉对待身边少女的感情是多层次的，他怜惜黛玉，敬爱宝钗，而对湘云呢，则是发小间的那种感情，熟不拘礼，亲密无间。与其说湘云是宝玉的红颜知己，倒不如说是他的玩伴更确切些。

湘云是个有些男子气概的小女孩，林妹妹说她像个"小骚达子"，也就是假小子。曹公笔下的她，"蜂腰猿背，鹤势螂形"，看来身材十分健美，偏又喜欢男装打扮，书中写她"把宝兄弟的袍子穿上，靴子也穿上，额子也勒上，猛一瞧倒像是宝兄弟，就是多两个坠子"。

不单是自己喜着男装，她还将贾府送来的小戏子葵官扮成个小子，唤作"大英"，因他姓韦，便叫他韦大英，方合自己的意思，暗有"唯大英雄能本色"之语，何必涂朱抹粉，才是男子。

依我来看，湘云之所以"不爱红装爱武装"，除了天性豪爽外，更深层次的原因是她仍处于孩童期的懵懂状态，性别意识还未曾萌芽。前人有两句诗说得最清楚"众中最小最轻盈，真率天成讵解情？"

也就是说，天真无邪的湘云其时还情窦未开，她是个晚熟的姑娘，不像宝黛那样敏感早慧。周老先生说，湘云对着金麒麟默默出神是因为宝玉的缘故，她当时其实并不知道麒麟是宝玉的，又怎么可能联想到宝玉身上去呢？真正是"吹皱一池春水，干卿底事"了。

因为从小一起长大的缘故，她和宝玉之间确实较一般人熟稔：湘云一到贾府，就急急忙忙地要找"爱哥哥"玩；湘云在黛玉那住下，宝玉天一亮就去找她，又是帮她盖被子，又是央求她帮忙梳头；宝玉甚至还想吃她口上的胭脂，惹得袭人大为生气……

宝玉再有脂粉气，毕竟是个小男孩儿，有他贪玩调皮的一面，这点正好和"假小子"云妹妹深相契合。所以这两个发小一有什么好玩的事儿，就想着要和对方分享。芦雪庵中众人联诗，只有宝玉和湘云在那烤着鹿肉吃得甚欢。宝玉偶尔拾到一个金麒麟，也是觉得好玩才想留给云妹妹，并不像黛玉想的那样动了心思。

湘云对黛玉有时也酸溜溜的，但看起来并不像争风吃醋，反而像儿童和家中新生弟妹争宠。毕竟，有了黛玉，爱哥哥这个玩伴就不像以前那样一心一意地陪她玩了。

第五十七回湘云要替邢岫烟打抱不平，黛玉笑她："你又充什么荆轲聂政？"在史湘云的骨子里，自有一种慷慨任侠的作风，她未必就是荆轲、聂政，但她更能让我们想起"一舞剑器动四方"的公孙大娘。

关于湘云身上的侠女做派，张爱玲在《红楼梦魇》中的一段话说得特别好：这些人里面是湘云最接近侠女的典型，而侠女必须无情，至少情窦未开，不然只身闯荡江湖，要是多情起来那还得了？如果恋爱，也是被动的，使男子处于主动的地位，也更满足。

侠女的爱情必须沉睡，倘若说她暗恋宝玉的话，那是一见杨过误终身的小郭襄，而不是这个"从未将儿女私情略萦心上"的憨湘云了。

宝玉对湘云究竟怎么样？

正如王昆仑所说：本是一心向着黛玉，但黛玉的确有时候幽僻难通。本也有些系恋宝钗，但宝钗实在冷酷无情。不难理解，和湘云相处是比较轻松爽朗的。

我听过不少男性朋友说，娶妻当娶史湘云，可是我常常想，湘云真的适合做妻子吗？她身上的孩子气太浓了，这样的女子做朋友非常好，却未必是个好的妻子。

尤其是对于宝玉这样追寻灵魂伴侣的人来说，湘云未免有点太天真了，她纯粹从直觉出发去生活，缺乏自己的价值观和人生观。和黛钗不同的是，湘云实际上还在成长中，思想和感情都缺乏深度，很难成为宝玉衷心爱恋的知己。

曹公笔下曾写到宝湘之间的一次小冲突，那是贾雨村来访时湘云劝宝玉去见他，且看原文：

湘云笑道："主雅客来勤。自然你有些警他的好处，他才只要会你。"宝玉道："罢，罢！我也不敢称雅，俗中又俗的一个俗人，并不愿同这些人往来。"湘云笑道："还是这个情性改不了。如今大了，你就不愿读书，去考举人进士的，也该常会会这些为官做宰的人们，谈谈讲讲些仕途经济的学问；也好将来应酬世务，日后也有个朋友。没见你成年家只在我们队里搅些什么。"宝玉听了道："姑娘，请别的姊妹屋里坐坐，我这里仔细脏了你知经济学问的。"

素来天真无邪的湘云，怎么竟说出了宝钗式的语言？我觉得，这和她缺乏自己的主见，偶尔会人云亦云有关。湘云未必真的知晓什么"经济学问"，她只是对宝姐姐深相敬爱，就像一个小孩子那样，觉得"宝姐姐说的总没有错"，于是便照搬了这一套来好心劝宝玉。

宝玉和湘云虽然有着哥们儿式的情谊，可他们的灵魂毕竟太不一样了。宝玉骨子里是优雅细腻的，而湘云则有太多的须眉之气，我很好奇，这样一个女子，曹公要让哪个男子来配她？按照书中的批语来看，另外一只金麒麟落到了卫若兰手里。

第二十六回，冯紫英说话时有一条批语：写倪二、紫英、湘莲、玉菡侠文，皆各得传真写照之笔。惜"卫若兰射圃"文字无稿。叹叹！丁亥夏。笏叟。

"射圃"是指古代练习射箭的场所，评点者把他与倪二、紫英、湘莲、玉菡等众侠义之士相提并论，想必此人亦有侠风。

我想，只有这样一身侠气的铮铮男儿，才是侠女湘云的"才貌仙郎"吧。

王熙凤

◇

风光背后

凡鸟偏从末世来，

都知爱慕此生才。

一从二令三人木，

哭向金陵事更哀。

好一个辣妹子

小时候看《红楼梦》，我最喜欢的人物就是王熙凤了。小孩儿混沌未开，那时不喜欢看到林黛玉，因为她整天哭哭啼啼，也不喜欢看到薛宝钗，因为她总是说着些我听不懂的话。

不像王熙凤，有她的地方就有笑声、有欢会，如果少了她，我就和贾母一样，总觉得怪冷清的。凤姐满足了一个小孩对于热闹、喜庆的全部幻想，对于儿时的我来说，她就像个发光体，走到哪里，哪里就"亮"了。

后来看到一些红学著作，才发现王熙凤原来一直是被当作"封建统治者"来批判的，我不禁有些惴惴的，觉得自己对她的喜欢未免有些大逆不道。

我早已不是那个天真的小女孩儿，已经能够在凤姐热闹光鲜的外表下，辨别出她的阴暗面。可我仍然喜欢她，就像一个陷入了情网的少女，明知道意中人有着千百样缺点，却仍克制不住对他的爱恋。

凤姐是一个优点和缺点同样明显的人，即贾雨村所谓的"正邪两赋"之人，这样的人，身上自有令人着迷之处。书中的贾母就非常疼爱她，还给她起了个诨号叫"凤辣子"。一个"辣"字，凤姐的形象立刻生动起来，几欲破纸而出。

辣正是凤姐最重要的特质。作为一个嗜辣成命的湖南人，我常常觉得辣椒是上帝给人类最好的恩赐，初来广东时，对当地人不食辣的饮食习惯简直难以理解。辣这种个性太过鲜明的口味，嗜之者须臾不能离，憎之者终生不能近，多么像人们对王熙凤的褒贬不一。

辣能给人强烈的味觉刺激，一如凤姐在《红楼梦》中的地位。如果说曹公刻画黛玉时用的是泼墨写意的手法，到了王熙凤身上，则成了工笔细描。凤姐是书中最为浓墨重彩的人物，曹公在写她时用足了笔力。让我们来看一看凤姐那著名的出场吧：

> 一语未完，只听后院中有人笑声，说："我来迟了，不曾迎接远客！"黛玉思忖道："这些人个个皆敛声屏气如此，这来者是谁，这样放诞无礼？"心下想时，只见一群媳妇丫鬟拥着一个人，从后房门进来。这个人打扮与众姑娘不同，彩绣辉煌，恍若神仙妃子：头上戴着金丝八宝攒珠髻，绾着朝阳五凤挂珠钗；项下戴着赤金盘螭璎珞圈，裙边系着豆绿宫绦双鱼比目玫瑰珮；身上穿着缕金百蝶穿花大红洋缎窄褃袄，外罩五彩刻丝石青银鼠褂，下罩翡翠撒花洋绉裙。一双丹凤三角眼，两弯柳叶吊梢眉。身量苗条，体格风骚，粉面含春威不露，丹唇未启笑先闻。

这一出场，好比京剧中的名角出台，绣帘揭处，一个亮相，便博得了满堂彩，可怜迎春三姐妹顿时相形见绌，沦为左拉笔下的陪衬人。

张爱玲说,她读《红楼梦》读到第八十一回,什么占旺相四美钓游鱼、奉严词两番入家塾之类,顿时觉得天昏地暗无光彩。而我在读到王熙凤出场这一回时,顿时觉得天地混沌初开,整部《红楼梦》都为之明媚起来。难怪脂砚斋读到这里,情不自禁地喝彩道:"第一笔,阿凤三魂六魄已被作者拘走了,后文焉得不活跳纸上!"

试想如果没有王熙凤,一部《红楼梦》是否会乏味很多?看惯了闺阁丛中的温柔旖旎,女儿堆中的愁云惨雾,偶尔见识一下闺房之外的杀伐决断,何尝不能使人精神为之一振呢?就像吃腻了甜的酸的,我们偶尔也需要吃点辣的来提提神。

王熙凤的最大意义就在于让人们认识到,那时候女性除了闺房绣楼外,还另有一番广阔的天地。一个女子除了像黛玉那样遁入诗书,像宝钗那样恪守本分外,还可以有很多种选择,比如说,像凤姐那样去一展才干。

凤姐使人惊艳之处,不在于长相,而在于气场,她在哪儿都能成为人群中的焦点。用《让子弹飞》中发哥评价姜文的话来说,不免"霸气外露"啊。就拿穿衣服为例,曹公在写到凤姐的打扮时总像打翻了调色盒,把金的红的这些色块都往她身上抹,每次出现在大众面前的王熙凤,总有种炫人眼目的感觉。

我总觉得凤姐的个性中有一种很坦荡的成分,在她身上,我们一眼就能看出虚荣、好打扮、爱出风头,她对自己的野心毫不掩饰。凤姐和宝钗都是热衷于世俗幸福的人,但两人的风格却大相径庭,打个不太恰当的比方,如果把宝钗比作岳不群,凤姐就像左冷禅,坏也坏得气壮山河。

气场源自于自信，凤姐堪称十二钗中最自信的人物。探春因出身偏房而自卑，黛玉因寄人篱下而敏感，宝钗是惯于藏拙的，唯有王熙凤，总是那么落落大方，谈笑自如，生命力异常充沛。

书中有个细节很能展现凤姐的自信，有次她和平儿闲聊起大观园中的诸姐妹时说："难道必定像蚊子哼哼就成美人了？"她自身肯定不属于"蚊子哼哼"的类型，反有点"河东狮吼"的味道。这句话隐含的意思是"强悍未必就不美"，凤姐这个人其实是自负美貌的，并不像她自谦的那样当自己是"烧糊了的卷子"。

不知喜爱《红楼梦》的人们有没有注意到，曹雪芹似乎很看重出身对人的影响。十二钗中除了已入宫的元春外，出身最好的可能就属王熙凤了。在那个时代，娘家的实力往往会决定一个女人在夫家的地位。王熙凤出身于"金陵一霸"的王家，它和贾家是世代姻亲，叔叔王子腾从京营节度使升任九省检点，是当时在朝统领军权、声势显赫的人物。

从王熙凤和贾琏的一些玩笑话可以听出来，她对自己的出身是相当自负的，有意无意中透露出王家比贾家更煊赫的话来："把我们王家的地缝扫一扫，就够你们贾家过一辈子。"

有了这种背景，我们就不难理解，为何王熙凤小小年纪就能管理荣国府三百多人，只因为她从小就见惯了大场面。她虽然不识字，一言一行中却呈现出大家闺秀应有的得体和大方。

凤姐没念过书，加之性情泼辣言语锋利，容易给人以粗野无礼的错觉。实际上，她是极有分寸的，我们何曾见过她在王夫人面前乱说俏皮话？又何曾见过她拿端庄的宝钗打趣？凤姐为人处世妥帖周到，一是因为她天性聪明，二是来自她良好的家教。在凤姐身上，我们看不到一丝一毫的小家子气，这是大家闺秀应有的风范。

任何事物都有两面性，良好的出身给了凤姐自信健康的心态，但一路走来太顺利，未免对弱者就少了几分"理解的同情"。她最为人诟病的就是毒设相思局及逼死尤二姐，这两件事很大程度上是因为她觉得自己的"高贵出身"被冒犯了，必须置这些不知天高地厚的冒犯者于死地。这就未免有点太过了。

过犹不及。偶尔吃吃辣椒可以提振食欲，吃得太多的话，轻则上火，重则伤身。凤姐一生的悲剧所在，就是不懂控制分寸。

打工皇帝王熙凤

美学家王朝闻曾经说："恨凤姐，骂凤姐，凤姐不在想凤姐。"这个评价来自《三国演义》里对曹操的评价："恨曹操，骂曹操，曹操死了想曹操。"

凤姐这个人，确实有几分乱世奸雄的气质。曹雪芹就曾借秦可卿之口夸她是"脂粉丛中的英雄"。协理宁国府、弄权铁槛寺等事件中，凤姐表现出来的果敢、决断之力，的确隐隐有战场上的大将之风。

易中天在《品三国》中，以"可爱的奸雄"来称曹操，如果说凤姐是贾府中的奸雄，未尝不是个可爱的奸雄呢？在我看来，曹操和凤姐确实有不少相似的可爱之处。

首先，他们都很有幽默感。在《红楼梦》中，幽默感似乎是一种很稀缺的品质，小姐哥儿们都活得有点太端着了，这个时候就需要凤姐来插科打诨了。除了凤姐，谁还会自嘲为"烧糊了的卷子"？贾赦不知好歹地去索要鸳鸯，把贾母气得不行，凤姐轻轻一句"谁教你会调理人呢，把人调理得水葱儿似的"，顿时化尴尬为欢乐。贾母喜欢她不是没有道理的，凤姐的确活得一团喜气。

同样，曹操这个人，其实也是很有娱乐精神的，他不像刘备那样一本正经，而是喜欢开开玩笑。有一次他请刘备来喝酒，关羽和张飞就跑去酒席上说要舞剑，曹操笑着说："这又不是鸿门宴，哪里用得着项庄呢？"说得刘备都笑了，接下来，曹操又命令说："取酒与二樊唅压惊。"一场可能的冲突，就被他机智地消弭于无形中。

其次，他们都敢于说真话。作为出来混的人，肯定会有说假话的时候，但他们的谎言都因为政治斗争的需要才说，在日常生活中呈现的还是一派真性情。小厮兴儿眼中的王熙凤"明是一盆火，暗是一把刀"，其实我们只有两次机会见识到她这种政治手腕，那就是在毒设相思局和借刀杀人计两回中。凤姐的性格还是蛮直爽的，所以一部书看下来，我们并不觉得她虚伪。

曹操敢于说真话更是在历史上出了名的，除了他，还有谁敢毫不掩饰地说："若不是我，天下不知有几人称帝几人称王！"在那个重视德行的年代，他旗帜鲜明地喊出"唯才是举，重才轻德"的口号，可想见其真率。

魏晋时流行"尚通脱"的风气，曹操正是典型代表，在王熙凤这只胭脂虎身上，我们隐约能看到当年那个乱世奸雄任情恣性、飞扬跳脱的影子。但我们说凤姐像曹操，指的只是性情相近，才干相类，实际上，囿于环境、性别、时代，凤姐永远成不了贾府的实际统治者，她只不过是个代行"权相"职位的打工皇帝罢了。

汉末的曹操虽未自立为帝，实际上已经是真正的"当家的"，龙椅上那个汉献帝只不过是个傀儡。可我们能说贾府的董事长贾母是个傀儡吗？再说还有总经理王夫人呢。凤姐充其量只不过是个职业经理人罢了。

凤姐身为长房的儿媳妇，为何要被借用到二房中才能履行当家的权利呢？这里需要介绍一下背景。一般来说长子为大，但贾母的两个儿子中，贾政明显比不务正业的贾赦要争气，又娶了一个争气的太太王夫人，更重要的是，生下了一个争气的女儿元春。于是乎，大房当家的权利就顺理成章地旁落到二房。

所以职业经理人王熙凤所处的地位是很尴尬的：一方面，她没有上升的渠道，长房的大权已经旁落，丈夫贾琏又不长进，她不可能再有晋升的机会；另一方面，她这个职业经理人只是临时的，一旦宝玉娶了亲，自有名正言顺的宝二奶奶去当家，到那时候，她也只有从哪儿来的，回哪儿去了。我猜想，凤姐后来的悲惨遭遇，就发生在宝玉成家导致她丧失实权之后，须知，落架的凤凰不如鸡。

其实作为一个临时 CEO，凤姐大可睁一只眼闭一只眼，将这份工做得过得去就行，既能博一个宽以待人的美名，又省下了几分力气，何乐而不为？凤姐的悲剧在于她太敬业，太好强，太过追求完美了。与公子小姐们那种悠哉游哉的生活相比，凤姐活得何其辛苦。

第十三回协理宁国府中写道：宁府的老妈子来找凤姐领牌子，宝玉问道："怎么咱们家没人领牌子做东西？"凤姐道："人家来领的时候，你还做梦呢。"贾府中未来的当家人宝玉如此清闲，一个替人打工的却忙成了这样，真叫人感叹：凤姐，你这是为谁辛苦为谁忙呢？

现在有个词语叫"过劳死"，其实凤姐很有可能就是活生生地累死的。书中有一段看得我特别心酸：

> 凤姐自恃强壮，虽不出门，然筹画计算，想起什么事来，便命平儿去回王夫人。任人谏劝，她只不听……谁知凤姐禀赋气血不足，兼年幼不知保养，平生争强斗智，心力更亏，故虽系小月，竟着实亏虚下来，一月之后，复添了下红之症。她虽不肯说出来，众人看她面目黄瘦，便知失于调养。一直调养了七八个月，才渐渐恢复。

这是什么精神？这是一种为了家族鞠躬尽瘁、死而后已的精神。病中仍不忘替贾府筹划的凤姐，何尝没有五丈原诸葛孔明之风呢？对这样一个女子，你忍心痛骂其为蛀虫吗？她固然有着见识鄙陋、胆大妄为的地方，但是谁能够否定，她为支撑这个大家庭耗尽了心血，她比谁都不愿意看到贾府的败落，因为这里凝聚了她毕生的辛劳。

我想我是理解她的，因为我们都是打工仔，出于一份职业精神，终日奔波忙碌，一刻不得闲，生怕辜负了上司的信任。我们为公司和老板付出了终身的心血，蓦然回首却发现，到头来都是为他人作嫁衣裳。

机关算尽的王熙凤，最后却落了个哭向金陵事更哀的结局。人们都揪住她放高利贷、贪赃枉法这些毛病不放，没有人记得，她为这个家族曾经付出过什么。职场就像架高速运转的机器，在耗尽你的青春和才华后，再残忍地把你抛出去。即使贵为打工皇帝，也逃不过这个命运。

天下的打工者们，当以此为鉴。

凤姐和宝玉

如果要给《红楼梦》中的人物画像，谁最容易画？

答案是凤姐和宝玉。

书中的人物，黛玉是个缥缈的影子；史湘云，我们连长得什么样都不知道，只知道是个"大说大笑"的主儿；宝钗算是描绘得够具体了，也只不过用了"面若银盆、目如水杏"寥寥数字。

唯独写到凤姐和宝玉时，曹公毫不吝惜笔墨，每次出场时，都会不厌其烦地描绘他们身上穿的、头上戴的，从头到脚，细致无遗。

同样是两个浓墨重彩的人物，凤姐在戏份上直追男主角贾宝玉，有人做过统计，她是书中出现次数最多的女性，甚至超过了林黛玉。

曹公在塑造这二人时为何采用了同一手法呢？近来重读《红楼梦》，我忽然发觉，凤姐和宝玉的关系原较一般嫂嫂和小叔子来得亲厚，他们也像拴在一根绳子上的蚂蚱，隐隐显示出"一荣俱荣、一损俱损"的迹象来。

我们看《红楼梦》会发现，宝玉特别懂得心疼人，但凡和姐姐妹妹在一起时，他都会想尽办法去呵护对方。实际上，他还是个小男孩，他也需要人疼。宝玉自小在贾母身边长大，和母亲王夫人难免隔了一层。贾母待他如珠似宝，毕竟年事已高，不可能万事亲力亲为。

倒是凤姐，热情体贴，又比他略长几岁，懂得照顾人，倒像是宝玉事实上的监护人。特别是在进大观园之前，那会儿宝玉还小，我们总会看到他跟在凤姐后面，像一条小尾巴。宴宁府时凤姐要去瞧秦可卿，他也跟着去了；秦可卿去世后，凤姐和宝玉又是荣府中最先过去的；秦可卿出殡路上，凤姐怕宝玉有什么闪失，忙叫了他到自己所坐的车中；下榻馒头庵，又是凤姐在照看他。

凤姐看起来大大咧咧的，其实是个很细心的人，有关于她和宝玉相处的细节，有两处特别动人。

一是协理宁国府那一回中，凤姐忙成了陀螺，就在这时宝玉还跑来催问他盖书房的事，这一段写得很生动：

宝玉道："巴不得这如今就念才好。他们只是不快收拾出书房来，这也无法。"凤姐笑道："你请我一请，包管就快了。"
宝玉道："你要快也不中用。他们该作到那里的，自然就有了。"
凤姐笑道："便是他们作，也得要东西，拦不住我不给对牌，
是难的。"宝玉听说，便猴向凤姐身上，立刻要牌，说："好
姐姐，给出牌子来，叫他们要东西去。"

在宝玉面前，凤姐呈现出的是温暖、调皮的一面，在书中我
们比较少看到她的这一面。描写宝玉的动作时，曹雪芹用了一个
"猴"字，这个字将小男孩式的活泼调皮活灵活现地写了出来，
像猴儿一样黏在凤姐身上，可见他们是很亲的。看书时我们常常
忘了宝玉是个小男孩，因为他总是那么懂事，可他每每喜欢在凤
姐面前撒撒娇。

还有一处，凤姐在探望秦可卿后碰见宝玉和小丫头子在玩，
于是嘱咐他说："宝兄弟，也别忒淘气了！"这多么像一个大姐
姐对她天真可爱的小弟弟说话的口气，看似平平淡淡的一句话，
却深含着疼爱和关心。

如果你也有个弟弟，看到这样的场面一定会会心而笑吧，弟
弟还小的时候，都特别喜欢黏着姐姐，姐姐兴许会奚落他特黏人，
但同时又把他照顾得很好。

可能有人会说，凤姐处处不忘照顾宝玉，纯粹是为了讨好贾母。
我觉得这虽是原因之一，但并不是唯一的原因。凤姐在对宝玉的
感情中，有着类似于"长嫂如母"的情分。她一直为没有生个男
孩感到遗憾，恰恰宝玉是个可爱的小男孩，便难免会多疼他一些，

两人相处日久，自然较其他人感情要亲厚。

按理说，李纨才是宝玉的嫡亲嫂嫂，但她和宝玉的关系却似乎是淡淡的，书中几乎没有写到他们有任何私底下的交情。这和性格有关，也和身份有关，毕竟"寡嫂"这一身份是尴尬的，她自有需要她照顾的儿子，也无须移情到宝玉身上。

曹雪芹不仅写出了凤姐和宝玉的姐弟之情，还隐隐点出了二人命运的相连。这在第二十五回"魇魔法姊弟逢五鬼"中有详细描述（注意回目中点明了他们的"姊弟"关系），赵姨娘请马道婆施魔术，凤姐和宝玉一同着了魔道，可见二人休戚相关，似乎结成了命运共同体。家族中的派系斗争是很厉害的，凤姐和宝玉显然是一派，赵姨娘是他们共同的敌人，至于李纨呢，可能会另成一派。

有学者考证出，在佚失的《红楼梦》后四十回中，写到贾府被抄家后，凤姐和宝玉获罪狱神庙，丫鬟小红去庙中探望他们。如果这一推测成立，更证明了"命运共同体"这一说法。李纨的判词隐含着她会老年富贵，容我推测一下，这是否代表着她富贵后独善其身，并没有对落难的宝玉施以援手呢？

作者的态度总是会渗透在书中人物身上，曹公对凤姐的态度如何？虽然在平儿理妆一回中他借宝玉之口表明对"凤姐之威"有所不满，但总体来说应该是惋惜多于批判的。

前面介绍过凤姐的出场了，后来刘姥姥一进荣国府时，曹公又细细描绘了一番这个乡下亲戚眼中的王熙凤：

那凤姐家常带着紫貂昭君套，围着攒珠勒子，穿着桃红撒花袄、石青刻丝灰鼠披风、大红洋绉银鼠皮裙，粉光脂艳，端端正正坐在那里，手内拿着小铜火箸儿拨手炉内的灰。

不知有没有人注意到，凤姐好像特别偏爱红色，在这里就是桃红袄配大红的裙子，鲜艳夺目，彩绣辉煌，非常符合她张扬的个性。可能会有人认为红色太过俗气，暗合了她过于热衷世俗名利的特质，但我们别忘了，红乃是书中正色，更是宝玉最爱的颜色，袭人就曾规谏过他，让他改掉爱红的毛病。

除了宝玉外，就数凤姐最爱穿红色了，这是否暗示着作者对她的喜爱？由此来推测，凤姐应该不会如高鹗续著中那样写的，使调包计拆散了双玉。按情分，前八十回中她对黛玉也挺疼爱的；如果要说利益的话，拆散宝黛对她有何好处？凤姐做了不少坏事，可聪明如她，应该不会去做这种损人不利己的蠢事。

凤姐并不是一味落井下石的人，当事不干己的时候，她有时倒还表现得颇有侠风。当王善保家的在王夫人面前进晴雯的谗言时，凤姐还说了句公道话："若论这些丫头们，共总比起来，都没晴雯生得好。论举止言语，他原轻薄些。方才太太说到的倒很像他，我也忘了那日的事，不敢乱说。"

可惜的是，《红楼梦》问世以来，凤姐渐渐被定性为"压迫封建叛逆者"的统治阶级代表。我猜想，真正的实权派王夫人听了这话，一定偷偷笑了。

从潘金莲到王熙凤

台湾作家在解读《金瓶梅》时提出，"《金瓶梅》是《红楼梦》的母亲"。这话听着惊人，其实并非什么创见，《红楼梦》最早的书评者脂砚斋早就评点说："（《红楼梦》）深得《金瓶梅》之壶奥。"

两书对读，我们可以设想一下，如果潘金莲从明朝西门庆家中穿越到清朝的贾府中，会化身为谁呢？我想可能是王熙凤。

这两个女人有着太多的相似之处，一样的美貌出众，一样的牙尖嘴利，一样的心狠手辣。宋明以降，中国的审美一味往精致纤细的路上走，女人往往叫作弱者，在这样的时代背景下，潘金莲和王熙凤简直就是其中的异类。她们让我们发现，原来"封建女子"也可以活得这样的张牙舞爪、生机勃勃。

我不知道往凤姐头上扣"压迫封建叛逆者"大帽子的人有没有发现，其实她正是一个彻头彻尾的封建叛逆者，这么说潘金莲也挺合适。她们的言行举止乃至目标追求，都和封建规范所要求的三从四德完全没关系，那个时代要求女人们"出嫁从夫"，她们偏偏想把命运掌握在自己的手里，从这种意义上看，她们正是女权主义者的先行者。

潘金莲现在已经成了淫妇的代名词，其实反过来想想，在过分强调女性贞节的社会，"淫"何尝不是一种反抗？虽然这种反抗很有可能沦为火候太过的行为艺术。西门庆娶的几房妾侍都不是什么冰清玉洁的贞妇，有做过妓女的，如李娇儿；也有背着丈夫和西门庆偷过情的，如李瓶儿，可她们在嫁入西门家后就变了个人似的，心里眼里只有一个西门庆。

只有潘金莲依然如故，西门庆冷落了她一阵子，她就不甘寂寞，和小厮勾搭上了。道学家们可能又要给她扣"天性淫荡"的帽子了，可站在另一种角度来看，所谓的"贞"应该是相互的，既然西门庆可以天天在外面拈花惹草，谁规定潘金莲就一定要在家守身如玉？

这种"只许州官放火，不许百姓点灯"的贞节意识是男权社会强加在女性身上的，潘金莲没读过什么书，她只是抱着一种朴素的想法：男人们可以出去玩，为什么我不可以？可叹的是，这个问题一直困扰中国女性数千年，至今仍未解决。

从潘金莲身上可以看到女权意识的萌芽，这种萌芽在凤姐身上找到了茁壮成长的空间。毕竟，论出身，凤姐是大家闺秀，潘金莲只是个小户人家的丫鬟，加之凤姐自小充男儿教养，见识气度自不是金莲能比；论地位，凤姐是嫡妻原配，远胜过在西门家排行第五的小妾潘金莲。

因为这些缘故，凤姐表现得更加强势，前八十回中，我们可以看到，贾琏是有些惧内的，凤姐在家中占着绝对的主导地位。兴建大观园时，贾芸想谋一个肥差，贾琏说了不算，凤姐说了才算：贾琏的奶妈赵嬷嬷想为两个儿子弄两个差事，不是来求贾琏，而是求凤姐。

小厮兴儿在向尤二姐介绍家中情况时，这点也说得很明白："我们共是两班，一班四个，共是八个。这八个人有几个是奶奶的心腹，有几个是爷的心腹。奶奶的心腹我们不敢惹，爷的心腹奶奶的就敢惹。"

凤姐在丈夫面前都不肯落下风，卧榻之旁，自然更不容他人鼾睡。于是出现了一个奇怪的现象，贾府中的男主人们都酷爱纳妾，连一本正经的贾政也有赵姨娘、周姨娘，唯独贾琏瞧上了尤二姐后，只敢在外偷偷娶了。凤姐之威，可见一斑。

悲哀的是，在那个"夫为妻纲"的时代，女人再独立能干，都必须附属于丈夫才能得以生存。小妾潘金莲固然要想尽千方百计取悦西门庆，正房王熙凤也必须经营好和贾琏的关系，她们在家族中的地位，最终取决于丈夫对她们的重视程度。潘金莲一味好淫，很大程度上是以这种方式来维系西门庆对她的迷恋。

所以我们看到，凤姐在贾琏面前并不一味地扮河东狮，而是该温柔的时候温柔，该服软的时候服软。前八十回中，关于这对小夫妻的生活还描绘得挺温馨的，看得出他们相处得还不错，情到浓时，大白天的还禁不住上演了一回"贾琏戏熙凤"。

贾琏从扬州回来时，凤姐故意称他"国舅老爷"，小夫妻之间调皮有趣的一面刻画得非常好。

怕老婆是由于爱老婆，我相信贾琏肯定是爱过凤姐的，只是他的爱太多变太不坚定，这样的男人是靠不住的。初娶尤二姐时，他待她如珠似宝，之后来了个秋桐，还不是暂且把二姐搁到了一边。从这点来看，他还不如西门庆，后者虽然花心，至少对相好们还称得上有始有终、有情有义。

何况较之尤二姐，他对凤姐的爱更不纯粹，那份敬畏之中，固然有着爱的成分，又何尝不是因为凤姐娘家根基好、人又聪明能干呢？在四大家族都败落、凤姐失去了手中的权力后，他还会待她一如当初吗？我不得不心酸地承认，"一从二令三人木"这句判词预言着凤姐最终被休弃的命运。

《红楼梦》整部书都在讲执着和放下，显然，王熙凤也好，潘金莲也好，她们都活得太执着了。她们被欲望推搡着、驱使着，越来越疯狂，越来越放肆，最终到底被欲望的黑洞一口吞噬了。

凤姐贪权，金莲好淫，她们以不同的方式与命运不屈不挠地搏斗着，却滑向了另一个极端，招致了自身的毁灭。她们一个疯狂敛财，一个拼命纵欲，也许只是因为缺乏安全感，她们都有着一道致命伤：没有为夫家添上一个男丁。所以妻妾争斗对于她们来说不仅仅是为了争宠，更是生存的一种手段。

只是我想，当潘金莲把罪恶之手伸向了李瓶儿的孩子，当王熙凤借刀逼死了尤二姐，她们有没有料到，有一天，她们也终难逃脱被摧残被毁灭的命运？"枉费了，意悬悬半世心，好一似，荡悠悠三更梦。痴迷的，枉送了性命。"只是身为旁观者的我们，又有几人能自谓看得破、放得下？

电视剧《红楼梦》是这样刻画凤姐之死的：冰天雪地里，一张破席裹着死去的王熙凤，被人用一根麻绳拖拉着，葬在乱坟岗上。

那个生前风光无限的琏二奶奶，那个惯于杀伐决断的脂粉英雄，那个生前心已碎的伤心女子，就这样凄凉地、悲惨地、孤单地迈向她人生最后的归宿。

在"机关算尽太聪明，反算了卿卿性命"的插曲声中，电视机前的我不禁流下了眼泪。那时我还小，却忽然感到了什么是无常。

妙玉 ◈ 大观园中最拧巴的姑娘

欲洁何曾洁，

云空未必空。

可怜金玉质，

终陷淖泥中。

一束矛盾

妙玉这个人，在曹公的笔下有"神龙见首不见尾"之妙，倏忽而来，倏忽而隐，前八十回中仅仅在"品茶""联诗"两处正式露了面。在文中所占的篇幅远不可和钗黛等人相比，但所占戏份虽少，却令人过目难忘。

在一群青春活泼的少女中，忽然来了位尼姑，这确实是够扎眼的了。就像妙玉的修行之地栊翠庵，搁在大观园中总显得有点怪怪的，谁见过哪家的园林中给修个尼姑庵的？修行之人不入荒山古刹，却被带到繁华富贵之都，所以妙玉是这园子中的"尴尬人"，就如她的好友邢岫烟评价的：僧不僧、俗不俗、男不男、女不女，完全是一束矛盾的集合体。

作为一个正当青春的妙龄女子，妙玉遁入空门是迫不得已的。她本是苏州人氏，祖上也是读书仕宦之家，因为自幼多病才出家当了尼姑。与众不同的是，这个小尼姑是"带发修行"的，既入了空门，却没有割断"烦恼丝"，说明她实际上是六根未净的，这个"根"当然不仅仅指情欲，而是包括了对青春激情的向往。

在妙玉清冷孤傲的外表下，总能让人感觉到她内心深处潜藏着一股炽热的情感和对美好生活的向往。这个"模样儿极好、文墨也极通"的少女，不愿意冷清清地躲在庙里过着那种枯寂乏味的生活，而是固执地坚守着一种优雅脱俗的生活方式。

四十一回"栊翠庵茶品梅花雪"是妙玉正传，在这一回中妙玉显示了她高雅的生活品位，虽涉及她的全文仅一千五百字，但已使她那孤傲怪诞、极端洁癖的性格凸显纸上，过目难忘。她藏有其价难估的瓷器，用梅花上收的雪烹茶，可见其家虽败而财富犹存，其人虽飘零而尊贵气度不减。

曹公说妙玉"气质美如兰"，兰生幽谷，不为无人而不芳，即使遁入了空门，妙玉却不愿失去生命意志变成槁木死灰，而是将文人雅士的那一套带到了佛门净土。大观园中，唯独黛玉和妙玉这一双"玉人"将孤独的生活过得活色生香，她们从习惯孤独走向了品味孤独、把玩孤独。妙玉所居之栊翠庵冬有红梅盛开，试设想一番，月色溶溶之下，是否有玉人趁月摘梅花的绝美意境呢？

妙玉外冷内热的特质在"凹晶馆联诗悲寂寞"一回中特别凸显，黛玉湘云两人月夜联诗，联到"寒塘渡鹤影，冷月葬花魂"时，早已在山石后听了很久的妙玉转出来，笑道："好诗，好诗，果然太悲凉了。"原来妙玉这一晚也出来玩赏这清池皓月，听到了她们的联诗。她认为"这一首中，有几句虽好，只是过于颓败凄楚。此亦关人之气数而有，所以我出来止住"。

从妙玉评黛湘二人的诗"太悲凉""过于颓败凄楚"，并以自己的续诗把它"翻转过来"的情形来看，妙玉的才情以及她对生命的热爱都是不容置疑的。她连续了十三韵，并评论说："若只管丢了真情真事且去搜奇捡怪，一则失了咱们的闺阁面目，二则也与题目无涉了。"

一句"闺阁面目"，可见她尚把自己当成闺阁中人来看待。妙玉在苏州修行时的居所叫"蟠香寺"，与"栊翠庵"对看，一个含着香，一个带着色，看来妙玉内心的炽热是那一袭袈裟也遮掩不了的，她身在佛门，心系红尘，实是佛门中"云空未必空"的一个情尼。

妙玉尝以"槛内人""畸人"自称，据她的好友邢岫烟所说，她常说："古人中自汉晋五代唐宋以来皆无好诗，只有两句好，说道：'纵有千年铁门槛，终须一个土馒头。'"所以她自称"槛外之人"。又常赞文是庄子的好，故又或称为"畸人"。

畸人者，即所谓异端也。雪芹对玉情有独钟，《红楼梦》中但凡名字中有一"玉"字者，如黛玉、宝玉甚至蒋玉函，无不是特立独行者，妙玉也概莫能外。曹公说她本是一块无瑕美玉，却不幸堕入泥淖之中。其实这泥淖并不必强解为风尘烟花地，我们身处的滚滚红尘原本就是个"浊世"，要想在这浊世间仍保持人格的独立和灵魂的自由，就难免显得太过孤僻放诞。连邢岫烟都认为妙玉不合时宜，难怪曹公给此女下的判词是"世难容"。

在妙玉的身上，我们总是看到个性和环境是如何激烈冲突的：她既想保留自己的闺阁面目，又摆脱不了和青灯古佛做伴的女尼身份；既蔑视权贵，又不得不依附于权贵；本不是个"四大皆空"的遁世者，又不得不羁留于佛门；既自命不凡，又无法逃脱供皇妃贵族"玩赏"的命运；既渴望爱情，又冲破不了身份的樊篱。

这种遭际、命运、处境的悖谬造成了妙玉的拧巴状态，或许每一个不甘接受命运奴役的人都会活得这样拧巴吧。其实我觉得，

"心比天高、身为下贱"这句判词放在妙玉身上也挺适合，除了出身高贵些，她在贾府中的处境和晴雯没有本质上的区别。说句不好听的，大家梅香拜把子——都是奴才。

初读《红楼梦》时，我和李纨一样，"极厌妙玉为人"，觉得这个姑娘实在是太不可爱了，她似乎铆足了一股劲儿，存心和整个世界过不去。等到年纪渐长，常常也会陷入保全个性和顺应环境相冲突的尴尬处境中，渐渐对妙玉多了几分理解。

妙玉身上有种宁为玉碎、不为瓦全的气质，她虽是个弱女子，却并没有被暴戾的生活所软化，她固执地保存着身上的棱角，哪怕为世所弃。这样一个女子兴许并不可爱，因为她棱角太多，容易刺伤人，可是却让人心生敬意，因为她保全了最完整的自我，那个不可爱但是真实的自我。

记得看顾长卫导演的《立春》时，蒋雯丽饰演的那个王彩铃也曾让我心生敬意。虽然她不美、也称不上才华横溢，但坚持和执着让这个角色熠熠发光。在那个闭塞的小县城里，热爱歌剧的音乐教师王彩铃成了卡在人们心中的一根鱼刺，这多么像妙玉在大观园中的处境，甚至连闺密邢岫烟都不理解她。

异端总要承受太多的白眼和指责。在我小的时候，看到尼姑妙玉喝碗茶也要那么讲究，心中隐隐感到可笑：都沦落到寄人篱下了，还附庸什么风雅！就像小县城的人们看着肥胖的王彩铃暗自发笑：你这么胖，这么丑，唱什么歌剧！

那时候我还不知道，有一天，也许我也会因为某种坚持而成为人们的笑柄。我为我曾经的势利和刻薄感到羞愧。

对于妙玉，我现在也称不上喜欢，但我知道，在我今后的人生中，碰到这样不合时宜的人，我会试图去理解，而不是跟在人群背后偷笑。

不管生活沦落到什么境地，每个人都有权追求美、追求梦想、追求赏心乐事，你说对吗？

暗恋那点小事

"小尼姑年方二八，正青春被师父削去了头发。我本是女娇娥，又不是男儿郎。"这一段《思凡》，唱的原是尼姑色空的故事，但细想一下，这何尝不是妙玉的心声呢？

也许每个打小出家的妙龄女尼，都难免有情窦初开的时分吧，陈妙常和潘必正的故事，早已演绎成了一段佳话。据说潘必正之所以坚定了追求的信心，是因为看到了陈妙常夹在经卷中的一阕艳词，从此后勇往直前，所向披靡：

> 松院青灯闪闪，芸窗钟鼓沉沉，黄昏独自展孤衾，欲睡先愁不稳。
> 一念静中思动，遍身欲火难禁，强将津唾咽凡心，怎奈凡心转盛。

这词写得确实够香艳够坦白，同样是多情种子，比较起来，清高孤傲的妙玉就要含蓄得多，只是在中秋联诗时幽怨地接一句："芳情只自遣，雅趣向谁言。"不禁让人感叹，栊翠庵中，梅花月下，便纵有千种风情，又与何人诉说？

妙玉的这一腔芳情、满怀雅趣究竟有没有想与言说的意中人呢？如果我说是宝玉，肯定会有人跳起来说，这是对妙玉的亵渎。我就不明白了，跟有情人做快乐事，始终是人类与生俱来的大欲，哪个少女不怀春，一直固守着闺阁面目的妙玉，对着一个适龄男子产生点朦胧情愫，又有什么不能理解的呢？

在《红楼梦》中，尼庵寺庙本是情场欲海，第十五回的回目就是"秦鲸卿得趣馒头庵"，写秦钟与小尼姑智能儿在庵中厮混。秦钟可以说是宝玉最要好的同性伙伴了，宝玉对秦钟这一行为并不觉得有何龌龊之处，反而笑嘻嘻的觉得挺有趣。这一段故事，正好与宝玉、妙玉之间的纠葛遥相呼应，是否暗示着，他们之间的关系也非比寻常呢？

其实妙玉的那点小心思，大观园中的人实际是洞若观火的，这在"冒雪乞梅"一回中已微露端倪。第五十回中，大观园诗会宝玉也陪了末座，掌坛的李纨给宝玉想了一个"雅罚"：

　　"也没有社社担待的，又说'韵险'了，又整误了，又'不会联句'！今日必罚你。我才看见栊翠庵的红梅有趣，我要折一枝来插瓶，可厌妙玉为人，我不理他，如今罚你取一枝来，插着玩儿。"众人都道："这罚的又雅又有趣！"

从这段话可以看出，不单是李纨，连黛玉在内的众人都看出了妙玉待宝玉的不同寻常之处。

此处没有写明宝玉是如何乞得红梅的，只写他过了一会儿就"笑欣欣擎了一枝红梅进来"，可见妙玉并没有难为他。

我们可以想见那番场景，大雪遍野，天寒地冻，妙玉独自一人守在冷清的栊翠庵中，正在这时，庵门轻轻扣响了，却原来是那知情识趣的怡红公子。想必她伸手摘下那枝红梅递给他时，脸上必然也带着孜孜的笑意吧。暗恋者就是这样，千方百计地掩饰着对意中人的好感，却又心心念念地牵挂着他，丝毫不知道，局外人早已看破了她的心思。

在宝玉生日那天，众姐妹来给他庆祝，非常热闹。但热闹是她们的，妙玉什么也没有，她只是悄悄地送了一个生日帖子给宝玉："槛外人妙玉恭肃遥叩芳辰。"这个粉红色的帖子被丫鬟们压在砚台下，忘了向宝玉禀报，等到发现的时候已经是第二天了。

宝玉看毕，直跳了起来，忙问："这是谁接了来的，也不告诉？"袭人晴雯等见了这般，不知当是那个要紧的人来的帖子，忙一齐问："昨儿是谁接下了一个帖子？"四儿忙飞跑进来，笑说："昨儿妙玉并没亲来，只打发个妈妈送来，我就搁在这里，谁知一顿酒就忘了。"众人听了道："我当谁的，这样大惊小怪！这也不值的。"宝玉忙命："快拿纸来。"当时拿了纸，研了墨，看他下着"槛外人"三字，自己竟不知回帖上回个什么字样才相敌，只管提笔出神，半天仍没主意……

这个众人觉得不值得大惊小怪的帖子，宝玉见了却惊喜得直跳起来，又郑重其事地回帖。读到这儿，我不禁有点儿心酸，妙玉的心思其实宝玉是知道的，不仅知道，而且很珍惜。

但是珍惜又如何？作为"槛内人"的他，又怎能慰藉"槛外人"妙玉的芳情雅趣。一槛之隔，终究是王孙公子叹无缘，或许世界上最遥远的距离，不是生与死，而是你站在门槛之外，明明知道我爱你，却无法在一起。

所以寿怡红群芳开夜宴上，找不到妙玉的身影，她那样的身份，是不适合出现在这种场合的。她所能微露的情愫，无非是在他生日时飞帖祝寿，或者是拿自己的绿玉斗给他喝茶，在他偎红倚翠的丰富生活中，她终究只是个局外人。

宝玉这个人，鲁迅评价他说"爱博而心劳"，是有点博爱主义的，对于每个青春少女，他都有一份尊重和怜惜，可是大多也只止于尊重和怜惜，对妙玉就是如此。他知道妙玉好洁，在栊翠庵品完茶后，就悄悄地对妙玉说："等我们出去了，我叫几个小幺儿来，河里打几桶水来洗地。如何？"他生日收到了妙玉的贺帖，也不敢随便复她，而是请教了邢岫烟后再郑重地回帖。

正是这种发自内心的尊重和怜惜，让尼庵之中的妙玉有了知音之感，所以把一腔柔情系于他身上，可惜的是，这是一份注定得不到同等回报的感情。宝玉已经找到了和他相爱相契的那个人，他的泛爱，之于妙玉只不过是止渴之鸩。

后四十回中，高鹗把妙玉的这种若有若无的情愫处理得十分低俗，见了宝玉就脸红，犯相思病，最后还走火入魔了。实际上，妙玉对宝玉的情感并不仅仅是单纯的男女之情，更是对美好情感与生活的渴求与向往，并没有停留在智能儿和秦钟那种肉欲之情的层次上。

关于妙玉的结局，周汝昌先生校订为："红颜固不能不屈从枯骨。"可以理解为，妙玉后来被迫还俗"不能不屈从"，嫁给了一个"枯骨"，一个老朽不堪的人。

以妙玉心性之高，她为何要屈从这种"风尘肮脏违心愿"的命运？我宁愿理解成，后来贾府家道中落，宝玉落难，妙玉为了一酬知己，违反自己的心性嫁给了一个有权有势的老朽，以帮助宝玉脱险。正是因为这样，曹雪芹才对她的结局叹惋不已，并且把她归入"十二钗"之列。

这样推断的话，妙玉最后的选择倒和程灵素异曲同工，为了暗恋着的人，她们付出了生命或者尊严，这样的牺牲，你认为是值得呢，还是不值得？

洁癖患者

妙玉在大观园中是个不受欢迎的角色,这种不受欢迎来源于她的洁癖。贾母率刘姥姥一干人在栊翠庵品过茶后,妙玉仅仅因为刘姥姥用过了五彩小盖钟,就要把这个茶杯给扔掉,说明妙玉是有洁癖的。

说实话,幼时看到这一段时,我胸中涌起一股浊气,顿时和李纨一样,"素厌妙玉为人"。

刘姥姥其实是个挺讨喜的乡下老太太,又淳朴又通世务,好不容易进趟贾府,肯定也是打扮得齐齐整整、干干净净的,不然贾母也不会和她一张桌子吃饭。

对于这样一个老太太,妙玉与其说是生理上的厌恶,不如说是心理上的厌恶。杯子即使脏了,清洗后仍能使用,何至于就要扔了呢?连宝玉都看不过去,劝她把杯子顺便送给刘姥姥时,她想了一想,点头说道:"这也罢了。幸而那杯子是我没吃过的,若我使过,我就砸碎了也不能给他。"

后来宝玉说要找几个小幺儿来打几桶水洗洗地,妙玉也同意了,只是要宝玉"嘱咐他们,抬了水只搁在山门外头墙根下,别进门来。"

听听，这话中的潜台词是，刘姥姥也好，小幺儿也好，他们会带来俗世的气息，而这股子"俗气"，正是妙玉极力回避的。在她眼中，"那金玉珠宝一概贬为俗器"；宝玉说自己吃得了一海茶，妙玉就笑他："你虽吃得了，也没这些茶糟蹋。岂不闻'一杯为品，二杯即是解渴的蠢物，三杯便是饮牛饮骡了'。你吃这一海便成什么？"黛玉因不识泡茶的水，问了一句："这也是旧年的雨水？"妙玉就冷笑道："你这么个人，竟是大俗人，连水也尝不出来。"

要这么一竿子打死的话，坐在电脑前喝纯净水的我简直是"从头至脚皆俗骨"，不配在这世上活下去了。

妙玉的这种洁癖，不仅是物质上的，更是精神上的，她的好洁成癖，她的高雅品位，都是为了竖起一堵墙，将那个泥沙俱下的浊世挡在外面，以免弄脏了她的小世界。

是什么造成了妙玉的洁癖？正在于其个性和环境的冲突。妙玉的孤僻高洁是对抗世俗所必需的一个姿势，她试图以这种姿势来捍卫独立的精神世界，试图去忘记自己外来者和寄居者的身份。她对刘姥姥的反感表现得如此明显，也许正是因为刘姥姥的特殊身份刺激了她。

但是真的可以做到这样的泾渭分明吗？归根到底，妙玉只不过是一个被这浊世豢养的女尼，对待贾府的统治者如贾母等人，她也只有小心翼翼地奉上一杯老君眉，一并奉上的，还有热情迎客的笑脸。

说什么四大皆空，对待这两个地位悬殊的老太太，妙玉的态度是何等的不同，虽然自幼就带发修行，她的身上却看不到一点佛性，也许是因为她缺少一份真正的悲悯之心。真正看不破的人，其实是她自己，所以曹公才含蓄地说她"云空未必空"。

涂瀛在《红楼梦赞》中赞妙玉是"壁立万仞，有天子不臣、诸侯不友之概"；在《红楼梦问答》中把妙玉比作阮始平。想必涂瀛是把妙玉捧得太高了，一个外来寄居者，吃人家的住人家的，你好意思去不臣不友吗？书中的妙玉也没有做到这一点，她的待客之道让人看不出丝毫"众生平等"来。

都是清冷孤傲的人，与黛玉相比，妙玉之孤傲缺乏一种天然生成而有更多人为的痕迹，处境决定了妙玉没法时时清高，甚至有时候她的清高也沦为了一种故作姿态。这样说可能很残忍，但是栊翠庵品茶这一段，确实让读者看出了，原来佛门女尼心中也自存了贵贱高下的念头。

妙玉的好洁成癖，和历史上著名的洁癖患者倪云林有得一拼。倪云林是个特别爱干净的人，相传他家的厕所下面有木格，中间塞满鹅毛。大便落下，鹅毛就飘起来覆盖了，一点臭味都没有。有一天，朋友徐某由远方来访，适逢倪云林的仆人入山担泉水回来。倪云林用前桶煎茶，后桶洗脚，弄得徐某莫名其妙，问他原因，他说后面那桶水被童子的屁气弄脏，所以用来洗脚。

最令人捧腹的是，倪云林有一次看中一位歌伎，把她约来过夜。但又怕她不洁，叫她洗澡。洗完上床，经过严格检验，认为她还不干净，要她再洗，洗来洗去，歌伎怕也洗感冒了，天也洗亮了，他也就作罢。

可叹的是，就是这样一个视洁如命的人，却是不洁而终。一说倪云林临终前患痢疾，拉得满床都是，恶臭熏天，无人可以靠近；一说他是被朱元璋扔进粪坑淹死的。不管哪种结局，都令人唏嘘不已。

其实任何一个洁癖患者在这个世界都不会生活得太愉快，我们生活的这方天地，叫作红尘，时时都有人间烟火熏着燎着，大伙儿都是吃五谷杂粮长大的，你偏偏要表现得跟餐风饮露似的，无怪乎会"过洁世同嫌"了。

洁癖患者总是会顽固地坚守自己的幽僻小天地，却不知，世事的流转哪由得了自己做主？从前八十回的情节发展来看，贾府败落以后，妙玉的结局必然是往着凄凉不堪的方向滑落的：皮之不存，毛将焉附。

同样是寄居者，我比较欣赏邢岫烟的处世方式，她很清楚自己的处境，不挣扎，不尖刻，而是从容地接受命运的际遇，对善意心怀感激，对冷眼淡定应对。而妙玉呢，她是个不肯接受现实的姑娘，出现在众人面前时，仿佛永远都攥紧了小拳头做反抗状，这样的人收梢总是不会太好。

就像大观园中本不应有尼庵，她的存在如此突兀，后来她终于落难了，那些感到不舒服的人们如愿以偿地舒了一口气，仿佛拔去了卡在喉中的一根鱼刺。

在这个过程中，她始终拒绝和生活达成和解，不惜以一种拧巴的姿态出现在众人面前，我想，这是她最后的骄傲，脆弱得不值一提而又无比坚韧的骄傲。

探春

◈

庶女攻略

才自精明志自高，

生于末世运偏消。

清明涕送江边望，

千里东风一梦遥。

小贾政

君子之泽，三世而斩。

贾府到了宝玉这一代，已经没有拿得出手的男性继承人了，一帮公子哥儿整天只知吃喝玩乐，依仗着祖荫度日。

无怪乎贾府的主人贾政一生气就会暴打宝玉，所谓爱之深则责之切，他从这个儿子身上实在是看不到任何振兴家业的可能性。倒是在贾府的一位姑娘身上，我们似乎看到了家道中兴的可能性，那就是三姑娘探春。

对于宝玉、贾环这两个不成器的儿子，贾政常常恨铁不成钢地骂他们"不肖"；在女儿探春身上，倒是可以看见其父的儒家风范。

有人说，贾政这个名字暗讽其为人"假正经"，其实通观《红楼梦》一书，这个人恪守孔朱之道，忠君爱家，虽说有点宠小老婆，大节上还是没亏。比起贾赦的不务正业来，他算是相当有责任感的了，所以在元宵猜灯谜时，众皆喜乐，唯独他敏感地闻到了颓丧的气息。他最大的缺点其实是无趣。

据说敬仰父亲的女儿会深受其影响，所以岳灵珊想找一个"小君子剑"式的情郎，我们的三姑娘呢，则活脱脱把自己修炼成了一个"小贾政"。

探春继承了乃父的家族责任感和忧患意识。曹公给她的判词是"才自精明志自高"，那么她的志向是什么呢？第五十五回中，她说出了自己的想法：

> "我但凡是个男人，可以出得去，我早走了，立出一番事业来，那时自有一番道理……"

立出一番怎样的事业？听这语气，极可能是儒家提倡的"修身、齐家、治国、平天下"，以此来光宗耀祖、绵延世泽。

既然三姑娘不是个男人，那就只得在修身和齐家两个方面下功夫了。在修身方面，探春律己甚严，她叫厨房做一碟"值不到二三十个钱"的"油盐炒菜芽儿"，也会"现打发个丫头拿着五百钱去"。她对自己的丫鬟管理也很严格，迎春的丫鬟司棋为了吃蒸鸡蛋而大闹厨房，惜春的丫鬟入画为了偷存哥哥的财物竟致获罪，探春的丫鬟侍书却从没有什么毛病，甚至在抄检大观园时表现得疾言厉色，大有主人之风。

对于儒家提倡的等级规范，探春也是极力维护的。她本是庶出，按照儒家的伦理，嫡母王夫人才能算作她的母亲，所以她的亲王远赵，在某种程度上是对儒家伦理的维护。待下人她不像王熙凤那样严苛，但是当下人挑战她作为主子的权威时，她也是该出手时就出手，绝不含糊。

当探春发脾气的时候，连最有地位的平儿也吓得"……不敢以往日喜乐之时相待，只一边垂手默侍"，"见侍书不在这里，便忙上来与探春挽袖卸镯……"当探春吃饭的时候，"众媳妇皆在廊下静候，里头只有他们紧跟常侍的丫鬟伺候，……此时里面惟闻微喇之声，不闻碗箸之响。"

这场面是何等的肃穆威严！

贾府中有威信的女主子们，当以凤姐和探春为翘楚，但凤姐以手段和地位换来威信，探春却是凭着一身凛然正气征服了丫鬟婆子们。

孟子说"我善养吾浩然之气"，探春的身上，就流动着这样一股由正气、英气和大气组成的浩然之气。曹公在探春这一人物身上，倾注了由衷的欣赏和赞美。

她的长相，是"削肩细腰，长挑身材，鸭蛋脸面，俊眼修眉，顾盼神飞，文采精华，见之忘俗"，不庸俗，不纤弱，英气逼人。

她所住的秋爽斋："这三间屋子并不曾隔断。当地放着一张花梨大理石大案，案上磊着各种各样名人法帖并数十方宝砚，各色笔筒、笔海内插的笔如树林一般。那一边设着斗大的一个汝窑花囊，插着满满的一囊水晶球的白菊。西墙上当中挂着一大幅米襄阳《烟雨图》，左右挂着一副对联，乃是颜鲁公墨迹，其联云：烟霞闲骨骼，泉石野生涯。"

好一派开阔豁朗的气象！屋如其人，这屋子显示出了主人旷达的胸襟和不俗的品位。值得注意的是，屋里挂着米芾的画和颜真卿的字，而这两个人，正好是儒家文化的代表。我们知道，"元、迎、探、惜"四姐妹正好对应"琴棋书画"，一开始我就想，探春这样的姑娘，练的应该是中规中矩、元气充沛的颜体吧，果不其然，她屋子里就收藏着颜真卿的墨宝。

探春身上的大气和英气，是贾政身上所没有的，大气来自于胸襟，英气来自于才干，她秉承了贾政的儒家风范，却将其父的庸碌之气一扫而空，的确是青出于蓝而更胜于蓝。难怪连她二哥宝玉也要感叹天地之灵气独钟于女子了。

贾政这个名字，在书中简直可以充当无趣的代名词，说个笑话都让人昏昏欲睡，所以每次举行家庭宴会时，贾母总是想把两个儿子支开，好和有趣的小辈们一起乐一乐。而探春之所以更胜一筹，正在于她不像父亲那样乏味无聊。

在她还小的时候，就显示出了不同流俗的品位，她攒下几个月的零钱，托宝玉买些玩意儿，要的是好字画和轻巧细致的手工品，如"柳枝儿编的小篮子，空竹根挖的香盒儿，胶泥垛的风炉儿"这一类东西。

她除了擅长书法外，诗也做得挺不赖。论诗才，她略逊于黛玉和宝钗，但揭开书中一次次诗歌盛会序幕的是谁？是探春，她是实际的发起人和组织者。试想想，如果是视诗词歌赋为小道的贾政，怎么可能去发起这样的雅集？

其实儒家人物被扭曲成一本正经的面目是肇自宋明，春秋时候的儒者如孔子、颜回、曾点等人，还追求一种精神上的怡然自得，和理想或者事功无关，所以孔子才会对曾点的"暮春者，春服既成，冠者五六人，童子六七人，浴乎沂，风乎舞雩，咏而归"表示赞赏。

可以说，探春的人生境界，庶几接近于冯友兰所说的审美境界，她身上并没有明清腐儒的那种酸腐之气，而是真正领略到了孔颜乐处。

对于这样一个出类拔萃的妹妹，哥哥贾宝玉也惭愧不已，他所说的"今风尘碌碌，一事无成，忽念及当日所有之女子，一一细考据去，觉其行止见识皆出于我之上。我堂堂须眉，诚不若彼裙钗哉"，正是这种愧疚心理的写照。试设想一下，若把探春和宝玉调个过儿，是否能力挽大厦于将倾呢？

庶女身份的焦虑

前一阵子在晋江上有个很火的小说叫《庶女攻略》，描写一个庶出的女孩如何成功飞上枝头做凤凰，堪称年度狗血励志大剧。怎么形容那个女主呢？如果把探春和迎春放到一个搅拌机中搅吧搅吧，估计就和她差不多了，言情小说中的女主总是兼具探春之美貌才华和迎春之无欲无求。

同样是庶女，迎春似乎从来都安于自己的出身，不像探春，深深地为庶女身份感到焦虑，这已经成为她最大的痛点，要理解探春这一人物，不得不从探讨她的出身入手。

探春的母亲是赵姨娘，这是个相当不讨喜的人物，在书中几乎成了惹是生非、挑拨离间的代名词。作者的态度往往会影响到读者的态度，曹公一支笔本来忠厚之极，可是涉及赵姨娘母子的段落，每每下笔毫不留情，不禁让人怀疑，贾府衰落之后，宝玉这一房是不是深受贾环那一房的排挤，不然为何这对母子在曹公的笔下是如此的獐头鼠目、可憎可恨呢？

对于这样一个母亲，探春的态度也是讨厌的，她自己说过"姨娘每每生事，几次寒心"。甚至羡慕周姨娘安守本分，从不惹是生非。但若真摊上了一个周姨娘似的母亲，她是否就满足了呢？只怕也未必，探春平生所恨，正如凤姐所感叹的那样："只可惜她命薄，没托生在太太肚里。"

如此一个自视甚高的小姐偏从那样一个卑贱的赵姨娘肚子里托生出来，这简直算是"先天不足"了。换了别人，可能早认命了，可是我们的三姑娘偏不，她极力想化解自己的身份危机，充分发挥儒家有为的一面，想证明给大家看：我虽然是庶出的姑娘，却并不比嫡出的差。

从书中看来，贵族世家评价小姐太太是否出挑的标准，无非这么几项：出身要好，模样要出挑，口才要出众，行事要伶俐。凤姐之所以能挑起当家的重任，正是因为符合了这几个标准，她的两个妯娌尤氏和李纨，一个出身寒微，一个能力平平，均不足以和她媲美。

可叹的是，除了出身这一点外，我们的三姑娘样样都不差：模样好，会说话，有将才，更兼会识字能作诗，简直是"升级版"的王熙凤。除了模样是爹娘给的，其他几点都来自于后天的修炼。探春有这样的才干识度，大概与她的庶出身份不无关系吧？她如果像迎春一样奉行无为，又怎能让人对她刮目相看？

为了摆脱身份危机，探春甚至不惜和自己的亲生母亲划清界限，她对宝玉这样声明过：

"……他（指赵姨娘）那想头，自然是有的。不过是那阴微鄙贱的见识。他只管这么想，我只管认得老爷太太两个人，别人我一概不管。就是姐妹弟兄跟前，谁和我好，我就和谁好；什么偏的，庶的，我也不知道。论理，我不该说他，但他忒昏聩的不像了！"（见第二十七回）

赵姨娘和芳官等人吵闹，探春疾言厉色地指责她："何苦不自尊重？大吆小喝，也失了体统。"对自己的母亲如此不留情面，可知在探春心中，正统伦理早已压倒了天生血亲，在看她来，只有嫡母王夫人才是她母亲。

如果说这一切尚在情理之中，在"辱亲女愚妾争闲气"一节里，探春这朵玫瑰花更是将刺儿直接扎在了亲娘的心窝上。

因为赵国基之死，赵姨娘不满足探春所给的抚恤费，来找她理论："你不当家，我也不来问你。如今你舅舅死了，你多给了二三十两银子，……这也使不着你的银子！明日等出了阁，我还想你额外照看赵家呢！如今没有长羽毛就忘了根本，只捡高枝儿飞去了。"

所以说赵姨娘不聪明，哪壶不开提哪壶，女儿正在迫不及待地想洗清庶女身份的阴影，她却直嚷嚷着"想你额外照看赵家"，根本不知道戳到了女儿的痛点。

这个时候探春就马上忍不住撇清了："谁是我舅舅？我舅舅才升了九省检点，那里又跑出个舅舅来？我倒素昔按礼尊敬，越发敬出这些亲戚来了。"

这一番话真是既可怜又可气，可怜的是，你把九省检点王子腾当成舅舅，殊不知那个舅舅可认你？可气的是，做女儿的能对娘亲说出这样一番话来，着实让人心痛。

从此以后，不单是赵姨娘对这个女儿彻底寒了心，连我这个做读者的，也未免有点灰心。

前文说过，探春是宗法家庭正统伦理的忠实维护者，按照封建伦理，做儿女的原本应该向着嫡母，但是伦理之外尚有人情，这一点，书中的其他人物都没忘，唯独她忘了。连李纨都委婉地劝她不妨通融一下，可是探春总是表现出公事公办的一面来。

是的，于理她并没有错，可是于情呢？她永远那样正气凛然，却缺少了那么一丝人情味。当她疾言厉色地呵斥赵姨娘时，是否曾想过，面前的这个妇人，是生她养她的娘亲，这个卑微的妇人，曾经指望过能干的女儿能够拉扯她一把，可是最终，把刀直指她心窝的却是这个女儿。

探春的种种努力总算没有白费，她获得了贾府这个大家族从上到下的认可。王夫人对她不错，连素不服人的王熙凤，"在这些大姑子小姑子里头，也就只单怕他五分儿"，贾母更是在几个孙女中最疼她，南安太妃来贾府那一回，老太太不叫迎春、惜春，却单单点名叫探春出来作陪。

偶尔有狗眼看人低的奴才，如王善保家的，因为小瞧了探春这个庶女出身的主子，在抄检大观园的时候不识趣地去拉她的衣襟，立马挨了老实不客气的一巴掌：

> 王善保家的……素日虽闻探春的名，那是为众人没眼力没胆量罢了……他便要趁势作脸献好，因越众向前，拉起探春的

衣襟，故意一掀，嘻嘻笑道："连姑娘身上我都翻了，果然没有什么。"凤姐见他这样，忙说："妈妈走罢，别疯疯颠颠的。"

一语未了，只听拍的一声，王家脸上早着了探春一掌。探春登时大怒，指王家的问道："你是什么东西，敢来拉扯我的衣裳！……你就狗仗人势，天天作耗，专管生事。如今越性了不得了。你打量我是同你们姑娘那样好性儿，由着你们欺负他，就错了主意。……"

对于维护自己的身份权威，探春从来都不遗余力，后来在和母亲赵姨娘的交锋中，她没有再动手，却用比巴掌更尖锐更火辣辣的语言，"啪"的一声打在了赵姨娘的脸上。

扬眉剑出鞘

在漫长的时间内，探春都在等待，等待一次可以让人刮目相看的机会。左思的诗中曾有"铅刀贵一割"之句，既然叫作刀，即使是一把很钝的铅刀，也应该得到一次被使用的机会，才不辜负它作为一把刀的身份，何况是三姑娘这样的利器。

探春之才，在于理家，而不在于诗词，所以在人才济济的诗社中很难脱颖而出。所以在很长一段时间内，她一直处于"钗于奁内""剑在匣中"的状态，以至于曾在《咏白海棠》一诗中抒发不被知遇的苦恼："高情不入世人眼，拍手凭他笑路旁。"

上天终于给了她一个机会，凤姐抱恙，一时恢复不了健康，王夫人便派李纨、宝钗、探春三人共同代理管家。至此，蛰伏已久的探春终于扬眉剑出鞘，从不被注意的庶女，变成了手掌实权的主子小姐，走到了舞台中央。

可以说，五十六回虽以"敏探春"和"时宝钗"相对，实际上完全是"探春正传"，她才是代理管家的主角。

当时的贾府，可以说是"悲凉之雾，遍被华林"，一派颓靡不振的气象，正当此时，走出了一位奋臂而起敢于改革的少女，哪怕不能带来中兴气象，也足以振奋人心了。曹公对于这位改革派和实干家是很欣赏的，不吝在她之前冠一"敏"字，并以赞美和欣赏的口吻生动展现了这位少女是如何"兴利除弊"的。

所谓"兴利除弊"，实际上就是"开源"与"节流"并举。"开源"的具体措施是实行"承包制"，探春看到他家奴才赖大家花园的管理办法，觉得大观园中也可以使用：

> 不如在园子里的所有的老妈妈中，拣出几个本分老成能知园圃事的，派准他们收拾料理，也不必要他们交租纳税，只问他们一年可以孝敬些什么。一则园子有专定之人修理花木，自有一年好似一年的，也不用临时忙乱；二则也不至作践，白辜负了东西；三则老妈妈们也可借此小补，不枉年日在园中辛苦；四则亦可以省了这些花儿匠、山子匠、打扫人等的工费。将此有馀，以补不足，未为不可。

所谓"节流"呢，则是把贾府开支中不合理的部分"一概蠲了。"裁减主子丫鬟的月银和重复支出。贾府内主子每月都有月银，其中包括小姐们的脂粉钱，哥儿们上学零花钱等等，还有各房的大小丫鬟也从主子的钱中分得一份。

　　同凤姐的理家比，探春采取的措施，不外乎是对上层的开支压缩了重复部分，对下层却采取"小惠全大体"的做法。她的改革之所以能够在园子里推行，一是由于大公无私，对自己的亲娘赵姨娘也摆得下脸，二是因为取得了凤姐的支持，凤姐私底下曾吩咐过平儿："他如今要作法开端，一定是先拿我开端。倘或他要驳我的事，你可别分辩，你只越恭敬，越说驳的是才好。千万别想着怕我没脸，和他一犟就不好了。"

　　曹雪芹在探春身上，来寄托他"补天"的希望，让她在理家中一显身手。黄仁宇曾说，明朝的灭亡是因为缺乏精细的"数目字管理"，这样看来，探春理家时倒是已显示出了现代经济意识的萌芽。

　　不少人喜欢把探春和凤姐做比较，认为前者是政治家而后者是政客，凤姐理家是为一己之利，而探春理家则是一心为公，姑且抛开道德层面的考量，我们不妨思索一下，探春的这一套是否真的比凤姐的手段行之有效呢？

　　自古以来勇于创新的改革家们，如王安石，如张居正，其初衷都是好的，但是他们往往以一己之力来挑战固有制度，没有充分考虑到当时的境况，最后一生心血只能付诸东流。王安石的青苗法在小范围内曾经取得了成功，可是一旦推广到全国，就触犯了绝大多数既得利益集团的利益，以至于最后功败垂成。

改革不仅要讲才干，更要讲时机。纵使贾探春才自精明志自高，但以当时的风雨飘摇之势，她的力量已经不足以力挽狂澜，而只能对着这座日益倾颓的大厦这里钉几颗小钉子，那里补几个小漏洞，在她理家的同时，出现了好几起乱子，等到凤姐病愈，重掌家务，贾府的一切又一如往昔地持续下去，无可挽回。

我无意探讨探春和凤姐谁更能干，但就当时贾府的状况来看，凤姐的那一套显然更具有可行性。她们代表了不同的管理理念，一个是试图在环境允许的状况下，尽可能地施行有效的管理，一个是力图革新现有的状况，推行新的政策。一个切合现实，一个更重理想。

从探春的身上，仿佛可以看到千年前那个"知其不可而为之"的儒者孔子的形象。而凤姐的心机手段，都是在多年的实战中修炼而来的，兴许不那么冠冕堂皇，可是能行得通才是硬道理。

正是因为为这一大家子人倾注过心血，探春对于自己的家族之趋于败亡，抱有特别的敏感和深重的悲愤。在抄检大观园一回中，她沉痛地说出了这一番话：

> "你们别忙，自然连你们抄的日子有呢。你们今日早起不曾议论甄家自己家里好好的抄家，果然今日真抄了。咱们也渐渐的来了。可知这样大族人家，若从外头杀来，一时是杀不死的。这是古人曾说的：'百足之虫，死而不僵。'必须先从家里自杀自灭起来，才能一败涂地呢。"

目光敏锐的探春，敏感地预料到贾府这座大厦倾覆在即，可惜的是，个人的力量终究是有限的，无法与时运相抗衡，她也好，凤姐也好，都是生于末世运偏消，只能眼睁睁地看着家族一天天衰亡下去。

这样看来，探春的改革岂非可以一笔抹杀？其实不然，这次改革至少对于她本人来说是具有重大意义的，她借此机会打了个漂亮的翻身仗，摆脱了庶女出身的身份危机。

三姑娘的威名由此而立，一直到很多年以后，脂砚斋在批注《石头记》时还无比遗憾地叹惋："使此人不远去，将来事败，诸子孙不致流散也。"可见在她身上寄予了何等的热望，人们对三姑娘的厚爱一至于此！

断线风筝飞海外

在高鹗的续著里，探春是结局最好的，嫁给了镇海总制之子，不久之后还可以回来探亲，并且服彩鲜明，比以前出挑得更好了。

如果真是这样，何来薄命之言？要知道，探春也是入了薄命司的啊。第五回中已经明确点出了探春的命运："后面又画着两人放风筝，一片大海，一只大船，船中有一女子掩面泣涕之状。也有四句写云：才自精明志自高，生于末世运偏消。清明涕送江边望，千里东风一梦遥。"这画面的言外之意是，探春后来就像断了线的风筝，漂洋过海，再无回乡的可能。

再来看有关探春的《分骨肉》一曲："一帆风雨路三千，把骨肉家园齐来抛闪。恐哭损残年，告爹娘，休把儿悬念。自古穷通皆有定，离合岂无缘？从今分两地，各自保平安。奴去也，莫牵连。"如果仅仅是嫁给镇海总制之子，何谈得上"把骨肉家园齐来抛闪"？

这两处都显示出探春嫁得很远，远得要乘船过海，远得一帆风雨路三千，那么她究竟嫁给了什么人呢？前八十回中早已埋下伏笔。

六十三回"寿怡红群芳开夜宴"，探春抽了一支签，众人看上面是一枝杏花，那红字写着"瑶池仙品"四字，诗云：日边红杏倚云栽。注云：得此签者必得贵婿。众人笑道：……我们家已有了个王妃，难道你也是王妃不成？大喜大喜！

这里暗示探春有可能会成为王妃。按她庶出的身份来看，绝无可能像姐姐元春一样嫁进皇宫做贵妃。再联系到前文所说的远嫁，那么探春的这位贵婿很可能是地处海天一隅的王公贵族。

很多痴迷于红学的人考证，探春最后嫁到了东南亚的真真国，或者是印度尼西亚，无论是哪里，总之是嫁给了海外番王。根据贾母让探春见南安太妃一节，很有可能就是太妃搭的线。

五十一回"薛小妹新编怀古诗"之七"青冢怀古"，黛玉做《五美吟》，都把昭君作为薄命的典型，暗自切合了探春远嫁的遭际。在探春这一人物身上，汇聚了千百年来和亲女子的"千红一哭"，所以理应归入薄命司。

和亲实在是中原外交史上的一朵奇葩，从汉朝开始，我泱泱大国就常常把安家定邦的希望寄托于一女子的柔弱双肩上，其中蕴含着几许无奈，几多荒唐！用来和亲的女子多称公主，实际上很少有皇帝真舍得把自己的宝贝女儿远嫁，而是多用宗室女甚至宫女来代替公主远嫁，历史上著名的文成公主，其实就是宗室之女。

在漫长的和亲史上，大多数和亲女子都是迫于无奈的，可也有主动请缨的，汉朝的王昭君就是一例。史称昭君是汉元帝时宫女，原本国色无双，但是因为生性耿直，不愿向画师毛延寿行贿，所以被画师丑化形象，"养在深宫人未识"。公元前33年，北方匈奴首领呼韩邪单于主动来汉朝，对汉称臣，并请求和亲，以结永久之好。汉元帝尽召后宫妃嫔，昭君挺身而出，慷慨应召。

关于昭君挺身而出这一节，根据我肤浅的理解，是因为她不愿在宫中寂寞老死，不愿辜负了上天赐予自己的红颜，不过千百年来，文人雅士们非要把忠君爱国的高帽子往她头上扣，这我也没办法。

按照我的推测，在昭君千年之后，贾府的三姑娘探春远嫁海外番王，也是带有几分主动性的，在朝廷需要一名贵族女子和亲海外时，她之所以挺身而出、慷慨应召，一是和她本人的抱负有关，二是和她的家族责任感有关。

探春这个人，素来志向高远，恨不得自己是个男子，大可安国兴邦，小可中兴家业，而对于贾府这个大家族，她也不像李纨或者惜春那样疏离，而是血肉相融、休戚与共。

读《红楼梦》我们可以发现，书中的小姐姑娘们都有着尊崇的地位，这是因为姑娘们难保哪天会嫁得好，元春的例子，已足以使整个家族"不重生男重生女"了。作为女子的探春，想要为家族出力，最好的方式无非是嫁个贵婿。

可以看出来，贾府也在探春身上寄托了光复家声这一厚望，不然的话，贾母也不会拉着她来陪南安太妃了。家境的日渐衰败和庶出的身份尴尬决定了，探春不太可能有更好的选择，这个时候选择和亲，想必也是在整个家族的默许乃至鼓励之下进行的。

从这个层面来分析，探春和亲未尝不是个人抱负和家族责任的完美结合，在贾府势败的时候，只有她才能够担当起拯救家族的重任，不再有人关注她是从哪个娘肚子里出来的。可惜的是，这个番王，毕竟不是朝廷的王爷，他的王国那么远，远得无法眺望故乡。这样看来，探春的远嫁，就笼上了浓重的悲剧气氛。

探春的一生和风筝脱不了干系，七十回中写到她放风筝，所放的风筝是"软翅子大凤凰"，飞到天上被另一个"凤凰"绞住，正不可开交，"又见一个门扇大的玲珑喜字带响鞭在半天如钟鸣一般也逼近来"，三个风筝绞在一处，随即三家风筝线都断了，"那三个风筝飘飘遥遥都去了"。

她终于求仁得仁，飞上枝头变凤凰，完成了最后的庶女攻略，可这只凤凰，只能像断了线的风筝一样，游丝一断浑无力，飘飘遥遥而去，直至数千里之外。

87版《红楼梦》中，身着大红嫁衣的探春对着贾政、赵姨娘盈盈一拜，含泪挥别。而根据高鹗的描写，她最后出嫁时，只和宝玉王夫人告别，赵姨娘那里说也不曾说一声。比较起来，我还是喜欢电视剧的处理，这样处理更有人情味，毕竟，那才是探春骨肉至亲的娘亲，她一辈子苦苦挣扎，也许不过是为了给自己也给娘亲争口气。

那一刻，她终于让这个身份卑微的母亲脸上有了光彩，只不知，这一别就是一生，从此后望断天涯，不见归乡路。

迎春 ◈ 那个茉莉花一样的女子

子系中山狼，

得志便猖狂。

金闺花柳质，

一载赴黄粱。

一个安静得像没有的姑娘

某个下雨天，听盲人歌手周云蓬的歌，那首并不广为人知的《没有》："一个安静得像没有一样的姑娘，坐在我的屋子里，她呼吸如夜晚的草木……"

脑海中忽然掠过一个人的影子，她独自站在花荫底下，拈着一根针，细致地穿起一串茉莉花儿来。

在她的周围，湘云姑娘在忙着吃螃蟹，嘴里还咭咭呱呱地说个不停，宝姐姐在忙着作诗，连素来体弱的林妹妹，也在温黄酒想热热地喝上一口。只有这个姑娘悄悄地在花荫下穿茉莉花儿，安静得像没有一样，她的内心世界，是不是也如手中的茉莉花儿那样外表平凡，却又散发着淡淡芬芳呢？

没有人去探究过。这是一个彻底被忽略的姑娘，虽然位列"金陵十二钗"，实际上只是个大龙套，论戏份还没有一个丫鬟多。

她的名字叫作迎春，是在第三回迎接林黛玉到贾府时与探春、惜春同时出场的。书中描写她"肌肤微丰，合中身材，腮凝新荔，鼻腻鹅脂，温柔沉默，观之可亲。"这段描写基本上是套话，我们只知道，她是个有点小丰满的姑娘，温柔沉默地站在神采飞扬的探春身旁，似乎是为了衬托这个妹妹而出场。

我小时候，一直是生活在表妹这个阴影之下的，当我淘气时，妈妈就会说，表妹如何如何的乖巧，如何如何的出色。我不知道，迎春会不会也有类似的成长阴影，和那个出色的三姑娘相比，她实在是太平凡了。

论诗才，书中说她"本性懒于诗词"，起诗社的时候只好管出题限韵，就是这她也拿不了主意，还是让丫鬟随口说了个"门"字韵才交了差；做灯谜，唯独迎春与贾环做得不像，元春都猜不出来；行酒令，一开口就错了韵。

她原本应该擅长下棋，所以曹公给她的丫鬟起名叫司棋，可惜的是，这一特长从来没有正面展现过。

前八十回中从未给过迎春一个露脸的机会，她好像总是混在人群中，泯然众人。通观全书，除了后来的被虐致死能让人掬一把同情之泪外，迎春这个人，用现在的话来说就是，活得完全没有存在感。

似乎从一开始，"二"就成了木讷平凡的代名词，小说中笨笨的女孩子总是叫作二姑娘、二丫头，在大小姐的端庄高贵和三小姐的聪明伶俐中可有可无地存在着。连下人都不无轻视地叫她"二木头"，说她"戳一针也不知嗳哟一声"。

由于总是悄悄地躲在角落里，迎春这一生，从来没有得到过任何人的关注和重视。她的父亲贾赦，对这个女儿从来都不管不问，甚至连婚姻大事也草草做主，可见其不负责任；她名义上的母亲邢夫人，是贾府中头一个心冷手狠的，可以想见对这个不是己出的女儿能有什么感情，她只不过把迎春当成了一张牌，希望打出去的时候能为自己面子上挣点光。

由于儿孙众多，她也得不到来自祖母的关怀，贾母八旬大寿，来了贵客南安太妃，太妃提出要见宝玉和小姐们，贾母吩咐让凤姐去叫史、林、薛，"再只叫你三妹妹陪着来吧"，分明是眼中根本没有那个排行第二的孙女儿，难怪好面子的邢夫人都要为此愤愤了。

大观园中的众姐妹对这个温柔可亲的二姐姐又如何？还记得起诗社那一回，黛玉、探春、宝钗等人的外号都考究别致，更兼切合人物身份，可轮到迎春的时候，一贯忠厚的宝钗却说："他住的是紫菱洲，就叫他'菱洲'；四丫头在藕香榭，就叫他'藕榭'就是了。"如此敷衍了事，可见这个二姐姐在人们心中，基本上就属于忝陪列就的。

湘云、黛玉和迎春也没有过深的交情，可能是由于个性并不投机。迎春是个温柔沉默的，自然和话痨湘云合不到一块去，黛玉也曾尖刻地说她是"虎狼屯于阶陛尚谈因果"。

至于宝玉呢，原本是个最博爱的主儿了，却未曾将他怜香惜玉的心分一点儿在二姐姐身上。第四十九回中，宝琴等人来到荣国府，宝玉便兴兴头头要起诗社，探春说二姐姐还病着呢，宝玉张口就说，二姐姐又不大作诗，没有她又何妨？无心说出的一句话，足见二姐姐在宝玉的心中是没什么分量的。

一部《红楼梦》可以看作曹公本人的忏悔录，在追忆前尘往事的过程中，兴许他也曾觉得，自己对这个二姐姐未免太过忽视了，以至于后来迎春出嫁时，他笔下的宝玉徘徊紫菱洲外，写下了那首伤离别的诗：

> 池塘一夜秋风冷，吹散芰荷红玉影。
>
> 蓼花菱叶不胜悲，重露繁霜压纤梗。
>
> 不闻永昼敲棋声，燕泥点点污棋枰。
>
> 古人惜别怜朋友，况我今当手足情！

后来的电视剧《红楼梦》中，这首《紫菱洲歌》还被王立平谱了曲，唱出了无限感伤。可惜的是，宝玉到这个时候才为手足情叹惋已为时晚矣，二姐姐住在园子中的时候，又有谁疼惜过她？连婆子下人都不把她放在眼里，只有她身边的几个丫鬟，司棋、绣橘等人，给过她真心的关爱。

人们笑她是块木头，却忘了这个女子心中自有一个芬芳而自足的世界。这个世界虽然略显平淡，却并不荒芜，无人问津的日子里，她有自己小小的乐趣：可以读读《太上感应篇》，可以拿针穿一串茉莉花儿，偶尔有人来访，还可以在雨夜相对下一盘围棋。

她像没有一样静静地生活着，从不试图发出自己的声音。到最后，她像没有一样地死了，身后的这个世界依旧喧闹无比。

在历来红楼画像的作者手下，她通常被塑造成任人欺凌、惨遭蹂躏的形象，如果要我来帮她画像，一定会画下她俏生生立于花下穿茉莉的样子，那是她人生中最美的剪影。

是懦弱还是超脱

因为年龄相仿地位相近,迎春常常被拿来和探春比较。论才干,迎春不如探春;论胸襟风度,迎春却未必会输于探春。

同样是庶出,迎春并没因此落下什么心理阴影,所以我们会发现,她对待事情的态度从来都是很淡定的,并不像三妹妹那样过分自尊敏感,一心想在人前争个脸面。

元宵节猜灯谜,只有她和贾环制出的灯谜不太像样,因此没得到元春赏赐,贾环急红了脸,她却"自为顽笑小事,并不介意",表现出的是大家闺秀的风度;后来打牙牌时,她说错了令,也是淡淡地笑饮一口酒,并没放在心上。

在"懦小姐不问累金凤"那一节中,两个姑娘间的对比特别鲜明。她的攒丝金凤为乳母所盗,探春就敏感得不得了,认为这是下人们没有把庶出的姑娘们放在眼里:"还是有谁主使他如此?先把二姐姐制伏,然后就要治我和四姑娘了。"平儿劝慰了她一句,探春便冷笑道:"俗语说的,'物伤其类,唇亡齿寒',我自然有些心惊。"我们的三姑娘,不单是在替二姐姐打抱不平,其实更多的是借题发挥。

作为当事人的迎春呢,倒是只顾着看《太上感应篇》,连黛玉都笑她："真是'虎狼屯于阶陛，尚谈因果。'若使二姐姐是个男人，这一家上下若许人，又如何裁治他们！"迎春笑道："正是多少男人尚如此，何况我哉。"

很多人说她太过懦弱，其实换个角度来看，少计较一点、多退让一步又何尝不可？倒是探春未免有点小题大做、过于敏感了。太过争强好胜的人，一言一行都写着"我要得到"四个字，处处欲争人先，着着不落人后，这样处世连旁人看着都觉得累。

谈到二人的区别，脂砚斋在七十三回中的一段话说得特别好："探春处处出头，人谓其能，我谓其苦；迎春处处藏舌，人谓其拙，我谓其超。"迎春的不计较、不出头常被人解读为过分懦弱，但是反过来想一想，与世无争、与人为善其实也是一种超脱。

《太上感应篇》正是迎春性格的外在特征的表现，奉行无为的她，在这本道家典籍中找到了生命的安顿。这种顺其自然、与世无争的处世态度是探春也是我们大多数人所不能理解的，探春也好，我们中的大多数也好，都太过有为了，甚至"知其不可而为之"，一辈子都在和环境抗争，跟命运较劲，想想又是何苦来哉？

迎春的身上，则更多展现出了听天由命、顺其自然的特性。起诗社时，众姐妹给她派了个"副社长"的名头，让她出题限韵，迎春道："依我说，也不必随一人出题限韵，竟是拈阄儿公道。"

走到书架前抽出一本诗来，随手一揭，这首诗竟是一首七言律，递与众人看了，都该作七言律。迎春掩了诗，又向一个小丫头道："你随口说一个字来。"那丫头正倚门立着，便说了个"门"字。迎春笑道："就是门字韵，'十三元'了。头一个韵定要这'门'字。"说着，又要了韵牌匣子过来，抽出"十三元"一屉，又命那小丫头随手拿四块。那丫头便拿了"盆""魂""痕""昏"四块来。

事情虽小，却看得出迎春喜欢把一切都托付给随机性、偶然性，有人指出，这证明了她对命运的不能自主，导致了她最后的悲剧。那么真的是这样吗？在我看来，有那样不幸的结局，与其归咎于她的性格，倒不如归咎于她的命运。

迎春曾经制过一个灯谜，谜面是：

天运人功理不穷，有功无运也难逢。

因何镇日纷纷乱，只为阴阳数不同。

贾政猜出了谜底是算盘，迎春短暂的一生，就像算盘一样纷乱，这一切，"只为阴阳数不同"，实在是命中注定。

作为封建家族的小姐，对于自己的婚姻是没有自主权的，迎春嫁给孙绍祖，这是由不得她选择的。那时候的婚姻就像拈阄，只能从家世、地位这样外在条件去看这个阄是否光鲜，至于内在的人品是无从考究的。如果说命运给探春拈了个好阄，那么迎春拈到的就是一个下下阄，寔命不同，与人无干。

嫁了孙绍祖那样一个白眼狼，换了是探春，只怕结局未必会好到哪儿去。她是个最要强的人，受了那样的龌龊气，肯定会奋起反击。但孙绍祖不是薛蟠，她也做不了夏金桂，在那个"夫为妻纲"的时代，摊上这样一个心狠手毒的丈夫，最惨烈的方式，也不过是拼个"宁为玉碎，不为瓦全"罢了。

我想不通的是，命运为何要如此亏待迎春。不是说"天道不亲，唯与善人"吗？善良可亲的迎春，最终却落得横遭惨死，怎么让我们相信还有所谓的"天道"存在？她与人为善，结果却受尽婆子下人的欺凌嘲笑；她乐天知命，命运却把她逼上了绝路；她一再退让，却落到了退无可退、让无可让的地步。

是不是命运也像世人一样欺软怕硬？不然为什么像贾雨村那样的贪官污吏坐享荣华，而像迎春这样的姑娘却受尽了命运的捉弄？千百年前，司马迁就在《伯夷列传》中提出了类似的疑问：伯夷叔齐积仁洁行，为什么却饿死在首阳山上？盗跖尝食人肝，为什么却得享天年？

这是一个困扰了人类数千年的问题，至今还没有人给出答案。备受摧残的迎春在向王夫人哭诉时，也曾发出过这样的"天问"："我不相信我的命就这么不好！"

有人说，此生的审判并不是最后的审判。我只能期待，或许在另一个世界里，真的有一方小小净土，能够收容一个与世无争、与人无害的洁净灵魂。

她像没有一样地死了

子系中山狼，得志便猖狂。

金闺花柳质，一载赴黄粱。

这首判词说的是迎春。

如果不是嫁给了孙绍祖，迎春的人生原本称不上坏，她有她怡然自得的生活。可恨的是，她遇人不淑。这段婚姻，是父亲贾赦替她做出的选择，那么他究竟是看中了孙绍祖哪一点呢？

且看第七十九回的描写：

这孙家乃是大同府人氏，祖上系军官出身，乃当日宁荣府中之门生，算来亦系世交。如今孙家只有一人在京，现袭指挥之职，此人名唤孙绍祖，生得相貌魁梧，体格健壮，弓马娴熟，应酬权变，年纪未满三十，且又家资饶富，现在兵部候缺题升。因未有室，贾赦见是世交之孙，且人品家当都相称合，遂青目择为东床娇婿。

对于这门亲事，除贾赦外，贾府上上下下都不大乐意，书中写道：亦曾回明贾母，贾母心中却不十分称意。但想来拦阻亦未必听；儿女之事自有天意前因；况且是他亲父主张，何必出头多事，为此只说"知道了"三字，馀不多及。

叔叔贾政的反感更明显："贾政又深恶孙家，虽是世交，当年不过是彼祖希慕荣宁之势，有不能了结之事才拜在门下的，并非诗礼名族之裔；因此倒劝谏过两次，无奈贾赦不听，也只得罢了。"

贾母与贾政为何不乐意？书中写得很明白，一来孙绍祖是武人出身，二来当年曾有不能了结之事拜在贾府门下，近年才袭京官。我们要知道，整个明清阶段，武官的地位都与文官相差甚远，很显然，孙家在门第、根基上都是赶不上贾家的。

所以迎春嫁给孙绍祖，并不是高攀，而是低就，带有下嫁的意味。这样一场并不搭配的婚姻，不仅是迎春人生急转直下的一个转折点，更暗示着贾府由此盛极而衰，将于黄钟大吕之后，转出悲凉滋味的清商之调来。

贾府的婚嫁有个值得注意的现象，那就是大凡嫁出去的，一定要拣了高枝儿飞去，不是王公贵族，也要是诗礼名族之裔；大凡娶进来的，倒是不拘根基门第，只要模样周正出身清白即可，后者可举出秦可卿、尤氏、邢夫人等例。这种情况倒有点像现在的豪门贵族，时不时迎娶个把灰姑娘，而公主下嫁灰小伙却是极少见的。

贾母的女儿就嫁给了林如海，那可是真正的贵族清流，出身虽系世禄之家，却也是书香之族。考中探花后，迁为兰台寺大夫，钦点为扬州巡盐御史。

到了元迎探惜这一代，正是鲜花着锦、烈火烹油之时，大姐元春开了个好头，嫁进皇宫做贵妃去了。按照前八十回的判断，探春也是个得贵婿的主儿。为何单单迎春落了个下嫁的结局呢？

在我看来，这正是迎春在家中长期被忽视的一个表现。在贾府众人心目中，姑娘未出阁时都是待价而沽：探春自然是一副好牌，必要时打出去能够为家族赢回一局；而迎春呢，充其量是一副不好也不坏的牌，于是众人就抱了只要不折本就行的心理来对待她。

第一个草率对待的就是她的亲爹贾赦，照迎春的转述，他为了五千两银子就把女儿给卖了："孙绍祖……又说老爷曾收着他五千银子，不该使了他的。如今他来要了两三次不得，他便指着我的脸说道：'你别和我充夫人娘子。你老子使了我五千银子，把你准折卖给我的。好不好，打一顿撵到下房里睡去。当日有你爷爷在时，希图上我们的富贵，赶着相与的。论理我和你父亲是一辈，如今强压我的头，卖了一辈。又不该作了这门亲，倒没的叫人看着赶势利似的。'"

孙绍祖的说法固不可信，可这里也能够看出，贾赦和孙是有过钱财上的来往的，联合到前文的"有不能了结之事拜于贾府门下"，很可能是孙犯了什么事，拿了这五千两银子要贾赦替他消灾，贾家是有恩于孙的。不管怎么说，这桩不能了结之事应该算是孙绍祖人生的一大污点了，这么一个有前科的人，贾赦居然将唯一的女儿许配给了她，这不是送羊入虎口吗？

孙绍祖向贾府求亲，原本是看中了贾家的权势，他说自己不是赶势利，实际上是假清高。但是他没料到的是，后来元春病逝，贾府家势一落千丈，他想依靠贾家提携的美梦一朝成空，于是这只白眼狼恩将仇报，反咬一口，正是"中山狼，无情兽，全不念当日根由。一味的骄奢淫荡贪顽毅，觑着那侯门艳质同蒲柳，作践的公府千金似下流"。

试想如果贾府仍然得势，就算借给孙绍祖这种势利小人一百个胆子，又岂敢如此丧心病狂？外嫁女的命运其实和娘家是联系在一起的，一荣俱荣，一损俱损，迎春尤甚。

对于孙绍祖的虎狼行径，迎春也曾抗议过，她曾接二连三地干预孙绍祖把"家中媳妇丫头将及淫遍"的荒淫行为，并向娘家哭诉一番孙绍祖的诸般丑行劣迹。可惜的是，面对她的求助，王夫人无非是陪着抹了几把眼泪，一向喜寻快乐的贾母甚至说："我原为气得慌，今日接你们来给孙子媳妇过生日，说说笑笑解个闷儿。你们又提起这些烦事来，又招起我的烦恼来了。"

没有人理会她微弱的求救声，迎春不知道的是，那个时候贾家众人已自身难保，哪里还顾得上她！她终于绝望了，孙家的人来接她回去，她和贾母告别，贾母说过些日子再接她回来，迎春说："老太太始终疼我，如今也疼不来了。可怜我只是没有再来的时候了！"

一语成谶。回去不久后，迎春就死在了孙家。我们不知道，她到底是被孙绍祖害死的，还是选择了轻生。

她死之后，正逢贾母病重，众人不便离开，竟容孙家草草完结。这些都不重要了，在生前，这个世界已经伤透了她的心。只不知若真有灵魂存在，迎春的魂儿会不会回到园子里瞧一瞧，住在那里的日子，是她一生中仅有的美好时光。

惜春 ◇ 她的铁皮鼓

勘破三春景不长，

缁衣顿改昔年妆。

可怜绣户侯门女，

独卧青灯古佛旁。

自保是柄双刃剑

有这么一个孩子，从他出生的时候就预感到人世黑暗，想着回到母亲的肚子里去；三岁的时候他目睹了母亲与表舅间的暧昧、父亲与女佣的奸情，于是决定不再长大。从此他敲着铁皮鼓，永远停留在三岁孩童的模样，宁愿在成长的世界里只做个看客，静静地看着，想着……

这是《铁皮鼓》的故事，如果把小奥斯卡的名字换成贾惜春，其实也未尝不可。面对丑恶的成人世界，他们都拒绝长大、拒绝进入，佛门之于惜春，就相当于铁皮鼓之于奥斯卡。所以奥斯卡不停地敲着铁皮鼓，而惜春则一再提起要"剪了头发作姑子去"。

她在全书中第一次开口说话是在第七回"送宫花贾琏戏熙凤"中："只见惜春正同水月庵的小姑子智能儿两个一处顽笑。见周瑞家的进来，惜春便问他何事。周瑞家的便把花匣打开，说明原故。惜春笑道：'我这里正和智能儿说，我明儿也剃了头同他做姑子去呢，可巧又送了花儿来。若剃了头，可把这花儿戴在那里呢！'说着，大家取笑一回，惜春命丫鬟入画来收了。"第一次单独出场，就是和小尼姑智能儿在一起玩儿；说出的第一句台词，竟然就是

"明儿也剃了头同他作姑子去"，这话就像宝玉那句经典台词"明儿我作和尚去"一样，在文中反复被提及。草蛇灰线，伏线千里，曹公在此早已为他们埋下了殊途同归的暗示。

惜春是和两个姐姐一起出场的，生得"身量未足，形容尚小。"前八十回中，曹公对她着墨极少，我们甚至不知道她后来出落得怎么样了。这个孩子模样的四姑娘，却和电影中的奥斯卡一样目光炯炯，对成人世界有着非凡的洞察力。

抄检大观园一节中，惜春的丫鬟入画查出来私相传送，嫂嫂尤氏劝她，她尖刻地回应说："不但不要入画，如今我也大了，连我也不便往你们那边去了。况且近日我每每风闻得有人背地里议论什么多少不堪的闲话，我若再去，连我也编上了。"可见她年纪虽小，对东府中贾珍等人那些偷鸡摸狗的事却很清楚，要知道，早些年宝玉可是连爬灰是什么都不知道，比较起来，惜春小小年纪，就表现得早慧而敏感。

黛玉可谓是个七窍玲珑的聪明人了，但是在惜春的眼中，"林姐姐那样一个聪明人，我看他总有些瞧不破，一点半点儿都要认起真来。天下事那里有多少真的呢"。这评价确实隐隐透出一丝禅机，可见惜春本性中自有慧根，她和佛还是有缘的。

一个生性敏感的小姑娘，已经感受到了成人世界的种种荒唐和丑行。她虽然可以拒绝进入，却无法拒绝思考，稚龄的她，为了不让成人世界的龌龊弄脏了自己的清白，只好旗帜鲜明地表示要和外界决裂，所以在和尤氏争吵时，她控诉似的说："我清清白白的一个人，为什么教你们带累坏了我。"

惜春和迎春一样,在贾府中属于沉默的大多数,都是在被忽略和被漠视的环境下长大的。她本是东府贾珍的妹妹,书中也没有说究竟是不是同母所生,因贾母喜欢女孩儿,就把她自幼带在身旁。可是通观全书,并没有看到贾母对她表示过额外的疼爱,唯一一次是叫她画大观园,那也是老太太一时兴起,并不是为了给惜春一个展现才华的机会。

贾母如此,其他诸人如王夫人、尤氏等也好不到哪儿去。尤氏本是她的嫂嫂,俗话说长嫂如母,奇怪的是,这对姑嫂之间并无特殊的情分。兄弟姐妹对这个最小的妹妹也没有另眼相看,单看她的外号就知道,"藕榭",纯粹是为了和姐姐迎春的"菱洲"相对,没有任何特殊含义。

在无爱的环境中长大,更加强化了她天生的孤僻性格,敏感如她,对身处的环境不会像迎春那样浑浑噩噩,而是像只受了伤的小刺猬一样警觉,缩在自己的洞穴里,偶尔有人走近,便竖起了满身的刺。

贾府四春中,元春和探春自觉地把自己的命运和家族紧紧地联系在一起,迎春对这个家族也是有感情的,不然不会临死前还想着要回园子里住几天,只有惜春是最彻底的旁观者和游离者,大观园之于她,只不过是一个寄身之处,并无特别感情。所以在贾府的大限来临时,元春探春是自动自主地愿意为之牺牲,迎春也会和整个家族共沉浮,而惜春呢,可以想象,必定是毅然决然地和贾家划清界限,免得带累了她。

面对这个变幻莫测、险象环生的世界,有人选择奋起改造,有人选择与世无争，而惜春则选择了全盘拒绝。因为害怕受伤，她拒绝付出爱；因为害怕失望，她拒绝期待；因为害怕未来，她拒绝享受现在。

她说黛玉看不破，可她呢，实在是看得太破了。在面目狰狞的现实面前，她永远都是一副冷冰冰、硬邦邦的模样，甘于将自己的生命萎缩到自保的境地。是的，自保机制的启动或许会让人更安全，可是她不知道，过分自保是一柄双刃剑，当她以冰冷的姿态来拒绝外界的疾风冷雨时，也把阳光雨露、清风明月一同挡在了门外。

第五回中的《虚花悟》说的是惜春：将那三春看破，桃红柳绿待如何。把这韶华打灭，觅那清淡天和。说甚么天上夭桃盛，云中杏蕊多，到头来谁见把秋捱过。则看那白杨村里人呜咽，青枫林下鬼吟哦，更兼着连天衰草遮坟墓。这的是昨贫今富人劳碌，春荣秋谢花折磨。似这般生关死劫谁能躲。闻说道西方宝树唤婆娑，上结着长生果。

惜春从三个姐姐的身上看到了好景不长，韶华难再，才选择了看破和放下。其实，她的三个姐姐至少经历了桃红柳绿、韶华盛极的好年华，在死之前也对得起活过爱过这四个字了。可她呢？年纪轻轻就任由自己的生命枯寂冷清，从未绽放就已经枯萎，她何曾丰富地活过、深刻地爱过呢？

她的一生都活在恐惧和自保之中，从未敞开心胸，去感受天地间哪怕一点点细微的美好。她对生活整个地提不起兴趣来，起诗社，她只是虚应了一个副社长的名头，画大观园本是贾母指定的，她也怏怏地托懒延宕。在她的身上，看不到一丝一毫青春少女的光彩，所以刘再复说她未老先衰，是书中心理年龄最老的人，连她的祖母贾老太君都活得兴兴头头的，比她更有青春活力。

惜春者，惜春之一去不复返也，让人想起那首著名的《金缕衣》："劝君莫惜金缕衣，劝君惜取少年时。花开堪折直须折，莫待无花空折枝。"让人遗憾的是，住在藕香榭里的惜春，与其说是珍惜青春，倒不如说是蹉跎青春，空负了自己的如花年少。

《铁皮鼓》中那个拒绝长大的奥斯卡，在设计杀死了自己的纳粹爸爸后，终于扔掉铁皮鼓，大声宣布：我要长大！和坚强的奥斯卡相比，惜春是怯弱的，空门成了她自保的最后一道壳。可是谁又能完全和外界脱离干系呢？她迫不及待地和贾府划清界限，等到贾府势败时，她还是不可避免地被卷入其中。按照脂砚斋的点评，这位侯门绣户女最后并不能如其所愿地静修于青灯古佛之旁，而是"缁衣乞食"，辗转流离。

谁是佛前有情人

第二十二回"制灯谜"一段，惜春所制的谜语是：

> 前身色相总无成，不听菱歌听佛经。
>
> 莫道此生沉黑海，性中自有大光明。

谜底是佛前海灯，暗示着惜春以后将会出家。只是，惜春的本性是否如谜语中所说的"自有大光明"呢？只怕并不见得。依我看来，她虽入空门，却并无佛性。

佛家说"我不入地狱，谁入地狱"，充满了慈悲情怀，释迦牟尼当年出家，也是怜我世人，忧患实多，本着一种普度众生的目的毅然遁入空门。

可是惜春这个人呢，"天生地一种百折不回的廉介孤独僻性"，乃是大观园中彻头彻尾的一个冷人，对他人的生死存败都漠不关心。

"矢孤介杜绝宁国府"一回中将惜春的面冷心狠刻画得入木三分，王熙凤等人抄检大观园时，发现她的丫鬟入画箱中藏有金银和男人衣物，但这些东西是她哥哥托她保管的，并非赃物。凤姐和尤氏都劝她大事化小算了，惜春偏偏不依，要求尤氏把入画带出去："或打或杀或卖，我一概不管。"

尤氏在劝解她的时候两人发生了口角，惜春居然说："古人说得好，'善恶生死，父子不能有所勖助'，何况你我二人之间。我只知道保得住我就够了，不管你们。从此以后，你们有事，别累我。"一向好性儿的尤氏也忍不住说："可知你是个冷口冷心的人。"没想到惜春决绝地说："古人曾也说的，'不作狠心人，难得自了汉'。我清清白白的一个人，为什么教你们带累坏了我。"

这一番话，不单是尤氏，连读者们的心都要寒透了，惜春明明白白地表示，宁愿做个狠心的自了汉，也不愿意和亲人们搅在一起。这样的人，因为爱惜自己身上的羽毛，没有一点担当感和同情心，冷酷自私到了极点，即便是削发为尼，又如何生出慈悲心肠和悲悯情怀来？

佛家说看破、放下，并不是教人做一个无情的人，而是教人断妄想、戒烦恼。曾经有一桩禅门逸事，从前有位老妇人，建了座茅庵，供着一个禅僧修行多年，并常叫一位少女给这位禅僧送饭。一天她想试一试这位禅僧修行禅定功夫怎样了，便跟送饭少女嘱咐了几句话叫她如何去做。那少女抱住和尚说："你喜欢我吗？"不料那和尚却冷冰冰地用偈语答道："枯木倚寒岩，三冬无暖气！"少女回报了这情形后，老妇人叹了口气说："想不到我二十年供养，只得个无情俗汉！"她赶走了和尚，放把火把茅庵烧了。

而惜春呢，就像这故事中所说的"枯木倚寒岩，三冬无暖气"一样，她的内心深处，是冰雪一样的无情，面冷心冷，口冷意冷，由内往外冒着丝丝冷气，没有丝毫光亮和温暖。都说迎春麻木不仁，其实她只不过是有些懦弱而已，司棋犯事被赶走时，她哭得多么伤心。在惜春身上，我们完全感觉不到那种脉脉的温情，稍一走近，都会因四姑娘身上散发的冷气打个寒噤。

在高鹗所续的后四十回中，惜春和妙玉成了好朋友，常在一起下棋闲聊，和宝玉也颇为投机，这种写法表面上看来合理，实际上是和前文不合的。

曹公善用间色法，惜春和妙玉就是这样一对依间色法来设定的人物，貌似相近，实则不同。她们都是性格孤僻的人，但惜春的孤僻前期是为了躲避麻烦，后期是惧祸，妙玉的孤僻则是眼高于顶，目下无尘。她们出家的原因也不同，惜春是主动出家的，妙玉却是因为身体不好被迫出家的，即使出家之后，她还执意要保持自己的"闺阁面目"。

照书中所描述，妙玉外表虽冷，内心却极热，实在是佛门清净地的一位情尼。妙玉雅好茶艺，精通诗律，对世间美好之物都有一种欣悦喜慕之情。只是她的情，不同于智能儿和秦钟的滥情，而是情动于中未形于外，始终处于持而不发的状态。

惜春和妙玉的问题，一个在于太过无情，有慧根而无佛性；一个在于太过执着，有情怀而无慧根。当然，不论是在才华上，还是在精神境界上，妙玉都高出惜春甚多，按说她们没理由走得太近，前八十回中，妙玉相交的是黛玉宝钗湘云这些人，哪曾对惜春这个小姑娘青眼相待过？可惜妙玉的形象，在高鹗的笔下被世俗化了。

再说惜春和宝玉。后四十回中，高鹗几乎是把他们当作志同道合的两兄妹来处理的，这个问题更大了。王国维曾说，《红楼梦》中的解脱分为两种，一种是睹他人之不幸而求解脱，一种是因己之不幸而求解脱，他认为惜春、紫鹃属于前种，宝玉属于后种。在我看来，宝玉应该是两者兼有之。

佛家讲出世，讲放下，其实在出世之前应该有一个入世的过程，未曾执着，何谈放下？未经历一番大苦痛和大挣扎，如何才能获取内心真正的平静？正如徐讦所说：（宝玉）所感受所表现的色，则是入世最深的色，他所感受所表现的空，则是出世最彻底的空。用情越深，苦痛越重，最后的了悟也来得最彻底。宝玉亲身经历了种种不幸，加上目睹了大观园众艳的风流云散，才最终走向了悬崖撒手。

宝玉在书中是情种的化身，所谓情种，何尝不是佛性的另一种说法呢？有人说黛玉情情，宝玉情不情，其实他的这种爱博而心劳，正是佛家所说的慈悲心。宝玉是个有大慈悲的人，这首先表现在他的悲悯意识上，他对一切不幸的人都有着最深切的悲悯，以至于看到杏花结子都会落下泪来。姐妹们送他一个外号叫"无事忙"，意思是说他整天在为相干不相干的人操心。

栊翠品茶那一段，妙玉要把刘姥姥喝过茶的杯子扔掉，宝玉劝她，反正你也用不着了，不如给了这贫婆子，换些钱也好度日。小小的一处细节，双玉的修为高下立见，这正是宝玉的最可贵之处。依我猜想，宝玉出家之后，在佛学方面的成就必在妙玉之上。

宝玉出家，总让我想起清朝的顺治皇帝。传说顺治宠爱的董鄂妃去世后，他心灰意冷地遁入空门，也算得上是天字第一号情痴了，只是不知道，他的这份痴情，是专对董鄂妃一人，还是对全天下可怜之人。顺治也好，宝玉也好，我想他们出家之后，必定也是佛门中的一个情僧，绝不会沦为无情俗汉。

《红楼梦》中的出家人并不少，被迫出家的有妙玉、芳官等人，主动出家的有柳湘莲、惜春等人，但具有大慈悲大担当的，唯宝玉一人而已。刘再复说，惜春是不彻不悟，柳湘莲是半彻半悟，宝玉是大彻大悟，诚哉斯言。柳二郎也算个面冷心热的，但其觉悟只足以度己；而宝玉呢，不说有没有度人的能力，至少他有度人的心肠，他才是佛前真正的有情人。

秦可卿 ◇

红字

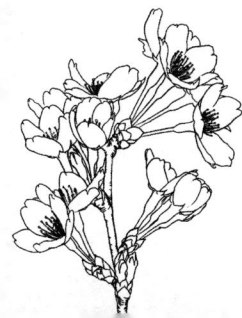

情天情海幻情身，

情既相逢必主淫。

漫言不肖皆荣出，

造衅开端实在宁。

灵肉合一

关于少女和少妇的区别，宝玉的一段理论最为知名，他认为，女孩儿没出嫁之前是珍珠，嫁出去之后沾染了男人的污浊之气，就变成死鱼眼睛了。

其实不能一棒子打死所有人，鱼目里边，偶尔也是有珍珠的，东府中的蓉大奶奶秦可卿，就是这样一颗熠熠发光的珍珠。

秦可卿这个人物，素来是有争议的。喜欢她的如刘再复，称其为中国版的安娜·卡列尼娜；讨厌她的如马瑞芳，认为其是败坏风气的罪魁祸首。但是褒也好贬也好，不可否认，这是个有魅力的人物。

她出场的时候，总是散发着一种神秘的气息，是个谜一样的女子。她不多的几次出场，其中居然有三次是出现在他人的梦中，一次是化身为警幻仙姑的妹妹，两次是向凤姐示警，作者这样处理，无疑更给可卿这一人物增添了如梦似幻的气质。

她时而在地，时而在天，我们似乎一伸手就能触碰到她，可是转眼间她又倏忽而去了。她的身上，仿佛总是笼着一层烟雾，我们看不清她的面目，只能不无怅惘地嗟叹，美人如花隔云端。

秦可卿无疑是极美的，生得袅袅娜娜、楚楚可怜，凤姐够艳丽了吧，但没有她有女人味；宝钗够妩媚了吧，却缺乏那种少妇特有的风情。

大观园中有百媚千红，她是其中最具风情的一位，书中说她"擅风情、秉月貌"，有人称之为性感，我不太同意这种说法，毕竟，风情与性感有联系，却相差万里。两者的不同之处是：风情来自于"神"而性感来自于"形"。

她是作者心目中的兼美理想，"其鲜妍妩媚有似宝钗，其袅娜风流则又如黛玉"，符合了宝玉乃至所有男人灵肉合一的梦想。作者把最倾慕的两个女子的特质都集于可卿一人身上，可见对她是何等厚爱，这样一个女子，如果一味只知道淫乱，那和多姑娘之流有何区别？曹公写可卿，并不是要把她塑造成只知皮肤滥淫的俗物，而是要突出她灵肉合一的特质，所以才花了大量笔墨去写她的卧室。

秦可卿的卧室是什么样儿的？书中写道：

> 刚至房门，便有一股细细的甜香袭人。宝玉便觉眼饧骨软，连说"好香"。入房，向壁上看时，有唐伯虎画的《海棠春睡图》；两边有宋学士秦太虚写的一副对联，其联云："嫩寒锁梦因春冷，芳气笼人是酒香。"案上设着武则天当日镜室中设的宝镜。一边摆着飞燕立着舞过的金盘，盘内盛着安禄山掷过伤了太真乳的木瓜。上面设着寿昌公主于含章殿下卧的榻，悬的是同昌公主制的连珠帐。宝玉含笑，连说"这里好"。秦氏笑道："我这屋子，大约连神仙也可以住得了。"

说着，亲自展开了西子浣过的纱衾，移了红娘抱过的鸳枕。于是众奶母伏侍宝玉卧好，款款散去，只留下袭人、媚人、晴雯、麝月四个丫鬟为伴。秦氏便吩咐小丫鬟们，好生在廊檐下看着猫儿狗儿打架。

不少人抓住这段话中的蛛丝马迹来大做文章，拿来当秦可卿淫乱的佐证，套用一句鲁迅的话来说，这帮人也够"淫者见淫"的了。他们忘了，这是从宝玉的视角来看这间卧室的，我们想象一下，一个十三四岁、初解人事的小男孩，来到了一间布置得极其香艳的房间里，空气中是蚀骨的甜香，再加上卧室的女主人正好是他心中暗自倾慕的对象，那么自然而然地，在他眼中这间屋子的每一处细节都充满了性暗示。

从这个角度看，什么飞燕立过的金盘、则天设过的宝镜，都是出于宝玉这个小男孩的意淫，其实只不过是普通至极的盘子、镜子罢了。有了这样一层铺垫，我们才不难理解，为什么宝玉会在这个屋子里做那样一个旖旎的春梦，梦只是意淫的延续，而屋子的女主人，自然就成了他梦中的意淫对象。

当然，这一段的描写虽然主要是为宝玉服务，也从侧面显示出了秦可卿的不俗品位，以及她在宝玉心目中的重要地位。可卿在书中颇有一点启蒙者的意味，在宝玉而言，这回住在她的卧室里经历了性的启蒙，后来她去世了，又让他第一次认识到了什么是无常。所以宝玉在听闻她的死讯后，急痛攻心，居然吐出了一口血来，可见对可卿有着一份特殊的情分。

对于宝玉初试云雨情的对象是秦可卿一说，我不大赞同，宝玉这个人，对所有美好事物均心存珍惜，我觉得他对秦可卿的感情也不外如是，当然不排除，宝玉在年幼的时候，曾对风情万种的她抱有性幻想。

秦可卿之所以备受非议，正是由于其特有的风情，这种风情极具勾引性和诱惑力，容易诱发男人的欲望。而欲望，在中国传统文化中向来是有罪的，是危险的，"擅风情、秉月貌"就成了她洗不掉的原罪。

欲望往往会导致毁灭，正统礼法捍卫者往往视之如洪水猛兽，在《水浒传》中，潘金莲、潘巧云就是欲望的代名词，到了《红楼梦》中，就化身成了秦可卿。这类女子，人们通常称之为"淫妇"。而曹雪芹之所以比施耐庵伟大，就在于他笔下的可卿并没有沦为潘巧云式的淫妇，一味的可憎可厌，他以一支温情之笔，写出了可卿这一人物特有的光彩：她并不贞洁，却并不妨碍成为他倾慕的一位可人儿。

可笑的是，百年以后，还有不少人揪住秦可卿的不贞这一点大做文章，好像恨不得冲进书中，学武松、扬雄那样，把尖刀刺向她的胸膛。这位作者心目中的兼美对象，就带着淫荡的印戳，被刻上了耻辱的红字。若是曹公地下有知，想必也会苦笑不已地叹惜：都云作者痴，谁解其中味？

灰姑娘的豪门劫

在刘心武的解读中，秦可卿是太子之女，出身甚是高贵。实际上真是这样吗？让我们回到原文中去寻找答案。

她的父亲名叫秦邦业，是一个"宦囊羞涩"的老营缮郎。"夫人早亡。因当年无儿女，便向养生堂抱了一个儿子并一个女儿。谁知儿子又死了。只剩女儿，小名唤可儿，长大时，生得形容袅娜，性格风流。因素与贾家有些瓜葛，故结了亲。"

刘心武的疑问是，一个养生堂抱来的弃婴，何以能嫁进贾府呢？其实依贾家的婚姻规则，是重嫁不重娶的，嫁出去的女儿最好是拣高枝儿飞去，娶进来的媳妇倒不一定，单看东府，秦可卿的婆婆尤氏，又何尝是什么名门闺秀？

所以实际上秦可卿是一位地地道道的灰姑娘，命运给了她一个嫁入豪门的机会，一夜间成了堂堂宁国府的长孙媳妇，并且表现得十分出色。她行事温柔和平，待人宽厚，善于理家，嫁过来后，竟取代婆婆尤氏成了东府当家的，贾母认为她是重孙媳妇中的"第一个得意的人"。不仅如此，她还俘获了上上下下的人心，所以她一死，"那长一辈的想他素日孝顺，平一辈的想他素日和睦亲密，下一辈的想他素日慈爱，以及家中仆从老小想他素日怜贫惜贱慈老爱幼之恩，莫不悲嚎痛哭者"。

特别引人注目的是，素来目空一切的凤姐和她最为知己，常常找她说些体己话儿，听到她病重，眼圈儿就红了半天，这里面没有作秀的成分，纯粹是真情流露。

凤姐和秦可卿之间的投契属于"识英雄、重英雄"，有一种惺惺相惜的成分在里面，她们都是当家的媳妇，地位相近，心气相投，管着上上下下数百口人，特别能理解彼此的难处。同是管家的，两人的行事风格大不相同，凤姐心狠手辣，御下以威；秦可卿却是出了名的温柔和平，一味宽待，连底下人都说她的好。

这种不同固然和性格有关，也不能说没有受到彼此出身的影响。凤姐是从金陵王家嫁过来的，腰杆子最壮，行事间颇有大将之风，处理起问题来很多时候是不怕得罪人的。而秦可卿呢，只不过是小户人家出身，有些自卑是难免的，所以她特别的谨小慎微，对长辈孝顺，对平辈友爱，对下辈慈爱，恨不得上上下下都打点好，这样的话，她心里面的委屈辛酸肯定比凤姐还要多得多。

书中写秦可卿的为人，用了"温柔和平"四个字，但是她的内心真如外表一样温柔和平吗？她病重的时候，拉着凤姐的手说了一大段话，称自己"如今得了这个病，把我要强的心，一分也没了"，可见是个心气极高的人，这样的念头，袭人也曾有过，她被宝玉踹了一脚后，平日争强好胜的念头慢慢灰了。巧的是，袭人也是个温柔和顺不过的人，有时候，温柔和顺只是达到目的的一种手段。

她的病因，其实在太过争强好胜上，只不过她的好强，并不像凤姐那样锋芒外露，而是暗暗憋着一口气，自己和自己较劲，是个彻头彻尾的完美主义者，生怕哪一点做得不够好。婆婆尤氏说她"心细心又重"，躺在病床上要见个医生都要一天换上四五次衣服，唯恐被人笑话去了，真是要足了强。

这般好强的一个人，偏生摊上个金玉其外败絮其中的弟弟秦钟，又是闹学堂又是搞男风之类的，一点都不给她省心。

这点从尤氏的一段话里可以看出来，秦钟宝玉一伙大闹学堂后，金寡妇来找尤氏鸣冤，没想到尤氏反而向她抱怨："谁知那小孩子家不知好歹，看见他姐姐身上不大爽快，就有事也不当告诉他，别说是这么一点子小事，就是你受了一万分的委屈，也不该向他说才是。谁知他们昨儿学房里打架，不知是那里附学来的一个人欺负了他了，里头还有些不干不净的话，都告诉了他姐姐。婶子，你是知道那媳妇的，虽则见了人有说有笑，会行事儿，他可心细，心又重，不拘听见了什么话儿，都要度量个三日五夜才罢。这病就是打这个秉性上头思虑出来的。"

可恨秦钟全无心肝，根本不能体会姐姐的用心，反而一味给她添乱，秦可卿的苦楚，连娘家人都不能讲，她只能隐忍，忍啊忍的，就忍出病来了。是以张太医给她把脉时就说起了病源："据我看这脉息，大奶奶是个心性高强，聪明不过的人。聪明忒过，则不如意事常有；不如意事常有，则思虑太过。此病是忧虑伤脾，肝木忒旺，经血所以不能按时而至。"

照书中的描写，秦可卿患的病就是现在所说的抑郁症，心病难医，她的心结打不开，就只有从死中求解脱了。

可叹的是，即使到了临终前，她仍然在为贾府一大家子人操心，并用托梦的方式切切叮嘱王熙凤，可见她始终把自己看成这个大家族的一分子。在梦里，她终于一洗灰姑娘出身的卑微气息，展现出一种审时度势、高瞻远瞩的恢宏气度。她知道"月满则亏，水满则溢"的道理，她很清楚"我们家赫赫扬扬，已将百载"的末世现状，更可贵的是她懂得"否极泰来，荣辱自古周而复始，岂人力能可常保"的人生哲理，又提出"能于荣时筹划下将来衰时的世业"。具体建议多置祭田，既可供祭祀与家塾之用，又可免族人争竞典卖，而且即使败家，也不至抄没入官，"子孙回家读书务农，也有个退步"。

贾府中存在两个具有末日预感的人，一为探春，一为秦可卿，这禁不住让人联想，是否正因为她们身份上的焦虑，才会这么有危机意识？作为脂粉队里的英雄，凤姐并没有执行她的建议，秦可卿的一番心血付诸东流，脂砚斋也在一旁痛惜地批道："言犹在耳，哀哉伤哉！"

这般争强好胜，到头来落了个死于非命，秦可卿的不幸，为天下幻想着嫁入豪门的灰姑娘敲响了警钟。水晶鞋看着漂亮，穿起来硌不硌脚，只有个中人才知道。

宿孽总因情

说秦可卿，总绕不过她和贾珍的那些事儿。焦大曾痛斥府中诸人："爬灰的爬灰，养小叔子的养小叔子。"毫无疑问，所有读者都会把爬灰一事往贾秦二位身上靠。

十二钗中有关于秦可卿的那支曲子唱道："画梁春尽落香尘。擅风情，秉月貌，便是败家的根本。箕裘颓堕皆从敬，家事消亡首罪宁。宿孽总因情。"

贾珍和秦可卿之间的感情被归为"情孽"，是因为他们破坏了伦理。前文说过，秦可卿是个心气极高的主儿，一言一行唯恐被人笑话，她为何会做出这等有悖伦理的事呢？

俗话说，匹夫无罪，怀璧其罪，秦可卿之罪，只怪她过分美丽。贾珍是书中头一个色中饿鬼，连小姨子尤二姐、尤三姐都尽皆染指，见了这样一个风姿楚楚的媳妇儿，又怎会不动心？

站在秦可卿的角度，这份孽缘也是情有可原的。她和丈夫贾蓉也称得上男才女貌，可是在心理年龄上极不匹配，秦可卿各方面表现得要比贾蓉成熟得多，贾蓉就是个浪荡子，对秦可卿曲折复杂的心境难以体会，更谈不上有多体贴。秦可卿看似很讨人欢心，实际上在贾府中没有一个贴心人，她是很寂寞的，以贾蓉的阅历和心性，是无从慰藉她的寂寞的，这个时候，贾珍的出现，就变得很及时。

在我看来，也许从一开始，正是由于她为人处事力求妥帖的个性，让她屈从了公公贾珍的胁迫，但是到了最后呢，或许早已演变成了半推半就。在这段关系中，秦可卿可能处于被动的位置，但并不能说明，她内心深处没有过迎合的念头。

可能很多人都无法接受这段情事，其实公公和儿媳之间的爱情并非没有前例，著名的唐明皇和杨玉环即为一例，为什么他们的爱情被大肆讴歌，而贾秦二人遭受的却只有谴责呢？

由于曹公在秦可卿身上用笔极为曲折，有些相关篇节甚至被彻底删除了，导致人们往往会认为，贾珍和秦可卿之间，完全是一种赤裸裸的肉欲关系，我们看不到他们有任何心灵上的交流，事实上真是如此吗？他们之间，应该还是有些情分的，贾珍对秦可卿是怜惜，秦可卿对贾珍是依赖。爱的形式是多样的，宝黛之间那种高山流水式的心灵之恋是爱，贾珍和秦可卿之间的肉欲之恋未必就不是爱。

贾珍是很喜欢秦可卿的，在秦可卿生病时，他长吁短叹，心焦不已。在秦可卿死后，他哭得泪人儿一般，恨不能代之，更是为其大办丧事，用"恐非常人能享"的棺木来厚葬她。他的悲痛是发自内心的，他身边侍妾妍头一大堆，可曾见过他对其他人如此用情？

很多人说这段描写是对贾珍隐晦的批判，我倒觉得，这正体现了贾珍身上不多的可爱之处。作为东府中唯一的继承人，贾珍是活得很任性的，他对秦可卿的关怀毫不掩饰，坏也坏得很真实很坦荡，倒不像道学先生贾政那样令人厌憎。

只是这份情，并不是眼里心里就只有一个秦可卿，她死之后，他不过痛了一阵，就忙着和两个小姨子厮混去了，正如贾琏娶了秋桐，对尤二姐就淡了许多一样。他们的爱呀情呀，都太不靠谱，太容易变动。

秦可卿究竟是怎么死的呢？据脂砚斋批十六回本所载作者原有"秦可卿淫丧天香楼"的回目，而且是上吊自杀的。现在《红楼梦》书中还有"……又画一座高楼，上有一美人悬梁自尽"的文字。

现行的版本改成了病死，显然是为秦氏讳，不管是上吊也好，生病也好，秦可卿实际是死于情、死于孽、死于自己的心病。

这位出身寒门的少奶奶，其丧事声势之浩大，唯有元春省亲的场景可比，可能是贾珍有意想弥补秦可卿生前所受的委屈，所以丧礼恣意豪华。

先看他选的棺木，一般人帮他找了一些杉木，他都觉得不中用，后来薛蟠给了他一副珍贵的樯木棺材，原来是义忠亲王老千岁要的，这棺木"帮底皆厚八寸，纹若槟榔，味若檀麝，以手叩之，玎珰如金玉"，其奢华程度连贾政都看不过去，劝道："此物恐非常人可享者，殓以上等杉木也就是了。"

这还不打紧，为了丧事能够办得风光点，贾珍还花大价钱为贾蓉买了个"龙禁尉"的官职，贾蓉没有官位，丧礼就不能做出官家的气派，捐了这个龙禁尉后，丧礼就可以按五品官的仪式来进行。

至于出殡那天的场景，更是好大的排场：

> 只见府门洞开，两边灯笼照如白昼，乱烘烘人来人往，里面哭声摇山振岳。……这四十九日，单请一百单八众禅僧，在大厅上拜大悲忏，超度前亡后化诸魂，以免亡者之罪；另设一坛于天香楼上，是九十九位全真道士，打四十九日解冤洗孽醮。然后停灵于会芳园中，灵前另外五十众高僧，五十众高道，对坛按七作好事。……宁国府街上一条白漫漫人来人往，花簇簇官去官来。……旋在两边起了鼓乐厅，两班青衣按时奏乐。一对对执事摆的刀斩斧齐。更有两面朱红销金大字大牌竖在门外，上面大书：防护内廷紫禁道御前侍卫龙禁尉。

看到这段，对比起秦可卿临终前托梦王熙凤那一节，真让人心生感叹：这边厢，秦可卿做了鬼还不忘呕心沥血地为贾家谋划；那边厢，贾府的人们已经把她的丧礼当成了一次炫耀排场的机会。

亲戚或余悲，他人亦已歌。如果听见贾珍在灵帏后与尤三姐调笑，可卿泉下有知，是否会叹息所托非人呢？

秦可卿在第十三回就死了，可是一直到八十回，每次贾家有什么事发生，就会听到有人在叹气，那就是秦可卿。她成了贾府中一个挥之不去的鬼魂，为家族的衰落而幽幽叹息。

李纨 ◇

稻香村中，活死人墓

桃李春风结子完，

到头谁似一盆兰？

如冰水好空相妒，

枉与他人作笑谈。

心比身先老

在大观园中，李纨是一个尴尬的存在。

一帮子姑娘奶奶之中，唯独她是个寡妇，在中国文化里，寡妇似乎总是和闺怨联系在一起，因为寡妇总是寂寞的，而寂寞则意味着压抑和渴求，通俗文学中寡妇大多被塑造成风流的形象，所以说"寡妇门前是非多"。

但在李纨的身上，我们几乎感觉不到什么怨气，当我试图去探究这个人物的内心时，扑面而来的是沉沉的暮气。的确是暮气，历来的影视剧都将李纨塑造成一个近似于大妈的形象，而实际上，她一开始出场的时候，正值青春少艾，跟凤姐应该年龄相仿。

没有人指责演员的年龄偏大，可能是因为在大家心目中，李纨就该是这么一副未老先衰的长相。《红楼梦》本是一部青春之书，大观园中的姑娘奶奶们身上大多洋溢着浓郁的青春气息，除了李纨。

你无法把飞扬、鲜艳、丰盛、轻盈这些青春的独有标签往她身上贴，风光明媚的稻香村，因为有她住在那里，倒像金庸笔下的活死人墓，感觉不到任何生机。

第四回作者提及李纨时，已经奠定了这个人物的性格基调：

原来这李氏即贾珠之妻。珠虽夭亡，幸存一子，取名贾兰，今方五岁，已入学攻书。这李氏亦系金陵名宦之女，父名李守中，曾为国子监祭酒。族中男女无有不诵诗读书者。至守中承继以来，便说"女子无才便有德"，故生了李氏，便不十分令其读书，只不过将些《女四书》《列女传》《贤媛集》等三四种书，使他认得几个字，记得前朝几个贤女事迹便罢了，却只以纺绩井臼为要。取名李纨，字宫裁。因此这李纨虽青春丧偶，且居处于膏粱锦绣之中，竟如槁木死灰一般，一概无闻无见；惟知侍亲养子，外则陪侍小姑等针黹诵读而已。

她把自己活成了一面活牌坊，自从丈夫死了之后，她生命的火花似乎也已随之熄灭，余下的只有灰烬。行酒令时，众姐妹抽得的花签均是娇艳的杏花、牡丹之类，唯独她，抽中了一支"霜晓寒姿"的老梅，众人均说极配，仿佛在大家心目中，已经默认了她已老去。

通观全书，我们会发现，几乎每个十二钗中的人物都会有一回正传，比如说"矢孤介杜绝宁国府"可以看作惜春正传，"懦小姐不问累金凤"是迎春正传，可是作为荣国府中的珠大嫂子，李纨并没有作为独立主角出场过。在小说中许多重要事件中，李纨都在场，可是她永远只能充当"敲边鼓"的角色，没有给读者留下什么特殊的印象。也许这正如她在贾府中的地位——她只不过是个畸零人，所谓畸零，也就是我们所说的多余人。

对于自己的身份地位，李纨是清醒自知的。她从不像凤姐那样好出风头，而是默默地缩在一角，甘于处在被忽略被漠视的地位。

在贾母、王夫人面前，她表现得仅仅是淡淡的礼貌，从未过分热络过；她也和一群小姑子起诗社、行酒令，但从不和任何一个人走得太近；王夫人让她代理家政，她任由探春出头，自己只不过应了个虚名罢了。

她对谁都宽大，对谁都不计较，所以下人们称她为"菩萨"。其实菩萨只不过是泥塑木偶，无血无肉无情无爱，这像是对她人生状态的一种暗讽。要知道，她的婆婆王夫人也被称作"菩萨"，菩萨在书中几乎成了无趣、无能、无好的三无代表。

我们无从知道，每一个耿耿长夜，她是如何挨过去的，她唯一一次诉苦，是在第三十九回的螃蟹宴上，李纨因平儿触动心事，说起贾珠在世时，也有几个房里人，可惜这些人守不住，日日在屋里不自在，只好趁年轻都打发了。"若有一个守得住，我倒有个膀臂。"说着滴下泪来。

面对李纨的哭诉，大家是如何反应的呢？书中写道，见她如此，众人都道："又何必伤心，不如散了倒好。"说着便都洗了手，大家约往贾母、王夫人处问安。

看到这禁不住让人感叹，偌大一个家族，可能都只顾得上像乌眼鸡一样斗来斗去，维护自己那点小利益，又有谁真正体恤过一个寡妇的辛酸呢？

于是再出现在人前的李纨，又是那样淡定冷静古井无波了，或许她早已明白，流泪并不能招来大家对她的同情，反而会令人厌弃。无论如何，寡妇都不是一个使人快乐的角色。

那么她的内心是否真的如外表一样枯槁呢？并不。大观园中的诗社，足以让我们看到她心灵一角的微光。

探春发起诗社，她是第一个积极分子，自告奋勇担任了"社长"，并且拿出自己的稻香村作为社址；每次举办诗社时，她都极力维护自己的主张，第一社的诗题"咏白海棠"也是她想出来的；宝玉作诗三次落第，她想出一种高雅的处罚，派他去到妙玉的栊翠庵乞红梅，连黛玉都称赞这种处罚方式："既高明，又有趣。"较之凤姐主张罚他每人房里扫地要来得风雅，也显示出了她书香门第的出身。

正是这些细微的闪光点，让我们发现，李纨并不像她的婆婆王夫人那样，无趣得令人讨厌，受过的良好教育给了她细腻的审美情趣，她完全具有感知美好的能力。但诗社时光仅仅是她生命中的吉光片羽，除此之外，出现在人们面前的李纨，还是像个泥塑木偶，既无才干，也无闲情。你可以说是万恶的封建制度遏杀了李纨的生命激情，但是仔细想想，制度真的是唯一的刽子手吗？一味迎合制度的她何尝不是制度的帮凶？

稻香村黄泥院墙中，"有几百株杏花，如喷火蒸霞一般"，遗憾的是，这村子的主人，早已自觉自愿地将生命窒息在一堆灰烬中，只有辜负这良辰美景了。

怕只怕，心比身先老。

妯娌之间

作为荣府的两个少奶奶，李纨和王熙凤是血缘最近的妯娌，感情照理应该很好才是，但事实上并非如此。比较起来，凤姐反而和宁府的尤氏更要好些，当然她最好的朋友是低一辈的秦可卿。

贵族相交其实和我们普通人一样，是讲究气性相投的。凤姐和李纨实在是没半点相似的地方；凤姐动，李纨静；凤姐俗，李纨雅；凤姐飞扬跳脱，李纨沉默低调；凤姐争强好胜，李纨抱朴守拙。

由于家庭教育和先天性格的原因，李纨被塑造成了一个典型的封建淑女，她的一言一行都透着股淑女范儿，务求有礼有节。而凤姐呢，整个人生的底色都是飞扬夺目的，她的人生字典中没有"中庸"两个字，对于封建伦理中强调的夫为妻纲那一套并不当回事。

所以这两个人可能在骨子里谁也瞧不上谁。就凤姐而言，她所欣赏的人，都是积极有为爽利能干的，如主子中的秦可卿，以及丫鬟中的小红。这些人有个共同特质，就是都不那么墨守成规，为达目的不是太在乎手段。

175

而李纨呢，从为人行事到审美品位在那个时代都是极主流的，她绝不会瞧得上小红那种一心想攀上高枝的丫头。这点从她对诗歌的评判中可见一斑，对黛玉那种风流别致的风格，她就有点欣赏无能，她更喜欢的还是宝钗的诗，因为够温柔敦厚。

可别说，宝钗倒有点像青春版的李纨，特别是明哲保身和抱朴守拙这方面，只不知，宝玉出家后，青年守寡的她是否也会像李纨一样过着槁木死灰般的生活呢？

言归正传。

妯娌之间原本就容易攀比，何况凤姐和李纨这对志不同道不合的妯娌。只是如果真要比的话，李纨看起来处处都不占上风。论相貌，她不如凤姐美艳；论管家，她不如凤姐能干；论人气，她也输给了凤姐。

说到人气，可能有人不服气，觉得菩萨似的李纨怎么会输给心狠手辣的凤姐，但如果细看一下原文，会发现我此言不虚。在长辈里面，虽然贾母说她寡妇失业挺可怜的，但只是每月多给了她一点月例银子，并不如何疼爱她，哪像凤姐，简直就是贾母的心尖肉，她的婆婆王夫人对这个媳妇也并无感情，反而更倚仗侄女王熙凤；在平辈里面，不管是双玉还是宝钗，都明显和凤姐更亲；在下人里面，恨凤姐的虽多，一个平儿、一个小红，对她可是死心塌地，可李纨身边就没个信得过的膀臂。

这就难怪，李纨有时会忍不住流露出对凤姐微妙的嫉妒。李纨带着众姊妹去邀请王熙凤加入诗社做"监社御史"，好解决经费问题，借此机会，她似假带真地教训了凤姐一顿：

凤姐笑道："你们别哄我，我猜着了。那里是请我作监社御史，分明是叫我作个进钱的铜商。你们弄什么社，必是要轮流作东道的，你们的月钱不够花了，想出这个法子来，勾了我去，好和我要钱。可是这个主意？"……李纨笑道："真真你是个水晶心肝玻璃人。"凤姐笑道："亏你是个大嫂子呢！把姑娘们原交给你带着念书学规矩针线的，他们不好，你要劝。这会子他们起诗社，能用几个钱，你就不管了。……你一个月十两银子的月钱，比我们多两倍子，老太太、太太还说你寡妇失业的，可怜不够用，因有个小子，足的又添了十两……这会子你就每年拿出一二百两银子来，陪他们顽顽，能几年的限期！他们各人出了阁，难道还要你赔不成！这会子你怕花钱，调唆他们来闹我，我乐得去吃一个河涸海干，我还通不知道呢。"李纨笑道："你们听听，我说了一句，他就疯了，说了两车的无赖泥腿市俗专会打细算盘分斤拨两的话出来。这东西亏他托生在诗书大宦名门之家做小姐，出了嫁又是这样，他还是这么着；若生在贫寒小户人家作个小子，还不知怎么下作贫嘴恶舌的呢。天下人都被你算计了去。昨儿还打平儿呢，亏你伸的出手来。那黄汤难道灌丧了狗肚子里去了。气的我只要给平儿打抱不平，……给平儿拾鞋也不要。你们两个，只该换一个过子才是。"

从李纨和凤姐的这次交锋来看，她的小宇宙偶尔爆发起来，

177

牙尖嘴利的程度可不在凤姐之下。有人分析这一段说，李纨实际上是个吝啬鬼，每年有好几百两银子进项，也不愿意拿点钱出来。这种说法我觉得太过于苛责了，李纨的确是个精明人，可仅仅是不肯吃亏而已，没到一毛不拔的地步。再说她进项原本有限，哪比得上凤姐财大气粗？

不过从这件事上，也可以看得出李纨自保为上的处世哲学，她不像凤姐那样疯狂敛财，但不该她出的，她也一分都不会往外面出。在对待贾府的态度上，李纨和凤姐的根本分歧在于，前者始终抱着明哲保身的想法，对不涉及自己利益的事，一味地和稀泥；后者则把自己的命运和贾府紧紧拴在一起，很多时候为了维护家族的利益不惜得罪人。这种态度决定了她们的人生走向，当整个大家族走向覆亡的时候，凤姐自然是随之一起殉葬，而李纨却得以善终。

纨者，完也。和充满争议的王熙凤相比，李纨的形象的确要正面得多，她没有明显的优点，更没有明显的缺点，可就是让人爱不起来。像凤姐这样的人，在很多读者心目中是一位可人，可是李纨呢？只怕很少有人会认为她可爱吧。

李纨这一生，以漫长等待换了老来富贵，也算是有个好的结局，只是从人生的质量来说，总觉得输了凤姐几分光彩。

李纨的结局猜想

近来重读《红楼梦》，我想起了一个问题，那就是曹公究竟对李纨的态度如何。很多红学家比如说王昆仑，认为曹雪芹是把李纨当成节妇典型来赞赏的，那么真的如此吗？

我们且来看这首判词：桃李春风结子完，到头谁似一盆兰？如冰水好空相妒，枉与他人作笑谈。

从结尾两句来看，讥讽之意溢于字间。到此我才恍然大悟，曹公一支笔实则虚之，虚则实之，绝不能从表面上的褒贬来判断他对一个人的喜恶。比如说写到黛玉和宝钗时，他总是写众人说宝钗如何如何好，说黛玉如何如何不及，其实那只是众人的看法，作者的真实想法恰恰相反。

这一原则同样可以应用到凤姐和李纨身上，凤姐明明是浑身缺点值得批判的，但在曹公的笔下，终究是惋惜多过批判；李纨明明没什么大毛病，作者的用词却往往无意中流露出对这一人物的不喜，试想若是真心敬爱的话，他怎么会用槁木死灰之类的词语来形容大嫂嫂？

谁都无法否认《红楼梦》浓重的自传色彩，作者的态度投射在书中就是宝玉的态度，那么宝玉究竟和哪位嫂嫂更亲厚？依我来看，不是他的嫡亲嫂子李纨，而是隔了一房的琏二嫂子。

宝玉不和李纨亲近，首先是性格气质上不投。对起诗社还有印象的读者应该记得，每次在评判诗歌高下时，李纨总是力推宝钗的诗为上，而宝玉则更向着黛玉。这里除去感情的成分，也涉及两人完全不同的审美观和价值观。

在书中，李纨是个典型的封建淑女，自然会极力拥护同一派系的宝钗，宝玉、黛玉则属于非主流的叛逆代表，双方的气质根本格格不入。作为不肖派的掌门人宝玉，肯定对大嫂嫂奉行的"女子无才便是德"那一套并不欣赏，这也决定了两人的关系无法亲密。书中有个细节我还记忆犹新，贾政率宝玉等人给大观园题匾额，走到稻香村时，众人皆感叹好一片佳景，唯有宝玉说此处不够天然，这是否暗指，李纨槁木死灰般的做派，在他看来也不大自然呢？

高鹗的续著中说是李纨和探春给黛玉送的终，我总觉得处理得不大妥当，宝玉这一派系的人包括凤姐、黛玉在内，对这位大嫂子都是亲近不起来的，何以林妹妹死了，就非得让她来洒泪送终？和前文并不符合。

当然气质上的不合只是前提，最重要的是，大家族中的派系斗争是十分厉害的，《浮生六记》中的沈复，就是因为兄弟不和，在派系斗争中被排挤出家门的。由于宝玉极得宠爱，我们读书的时候常有种错觉，好像他是个独生子，实际上贾政门下是有三房的，大房贾珠已逝，留下了李纨和贾兰，二房是宝玉，三房是贾环。

按理来说，贾兰父亲早逝，应该得到更多的疼爱，可事实并非如此。贾母、王夫人都是心里眼里只有一个宝玉，连带着凤姐诸人，也恨不得只疼宝玉一人。贾兰是在被忽视的环境中长大的，他的性格也像母亲一样，极是谨小慎微，赫然一个小君子。上私塾的时候，宝玉、秦钟等人大闹学堂，他在旁边紧张得什么似的，谁也不帮。猜灯谜时全家人都来了，唯独不见贾兰，贾政问起，李纨答道，刚才老爷没有叫他，他不肯来。众人都笑这个孩子真是天生的牛心孤拐。

这样的一对母子，他们的身影总是游离在贾府之外，府中的荣衰浮沉，一概和他们无关。我想，当所有人溺爱的目光都落在宝玉身上时，他们也许不是不嫉妒的吧。而这种微妙的嫉妒，到最后可能会演化成不管不顾。丈夫死了之后，李纨就对贾府的事一概不闻不问，当贾府大势已去的时候，我们又如何能奢望她会拉宝玉一把？

所以我猜想，贾母去世之后，由于贾政非常不喜欢宝玉，他这一房慢慢地就衰落了，甚至有可能被排挤出门，不然也不至于"寒冬噎酸韭，雪夜围破毡"。在此过程中，肯定少不了赵姨娘母子的推波助澜，而李纨母子呢，按照一贯以来的风格，估计是袖手旁观。

对宝玉如此，那么对凤姐呢？刘心武等学者分析说，贾兰就是"狠舅奸兄"中的奸兄，这是不无道理的。当时的贵族抄家后，姑娘奶奶往往会被卖掉，凤姐死后，巧姐可能面临着流落风尘的危险，这个时候李纨母子已经苦尽甘来，终享荣华富贵，却偏偏不肯对她施以援手，听任巧姐流落在烟花巷。

李纨的结局，曹公在《晚韶华》一曲中说得很清楚：镜里恩情，更那堪梦里功名。那美韶华去之何迅，再休提绣帐鸳衾。只这戴珠冠，披凤袄，也抵不了无常性命。虽说是人生莫受老来贫，也须要阴骘积儿孙。气昂昂头戴簪缨，簪缨，光灿灿胸悬金印；威赫赫爵禄高登，高登，昏惨惨黄泉路近。问古来将相可还存，也只是虚名儿与后人钦敬。

看得出来，这说明贾兰日后当官了，李纨侥幸等到了老来富贵，只可惜她的生命也行将消逝。李纨的一生，惨淡经营、寂寞苦熬，待到儿子荣达，自以为可享晚福的时候，却已"昏惨惨，黄泉路近了"，结果只是枉与他人做笑谈。

值得注意的是，曲子中说"虽说是，人生莫受老来贫，也须要阴骘积儿孙"，这里明确指出了李纨的精于算计和只求自保。本来大限来时飞鸟各投林于理上没有什么不对，但是于情呢，就未免有点说不通了吧？所以在给十二钗排名时，温柔敦厚如曹公，也忍不住把嫂嫂李纨排在了侄女巧姐儿之后。

元春 ◈

步步惊心

二十年来辨是非，

榴花开处照宫闱。

三春争及初春景，

虎兔相逢大梦归。

宫门一入深似海

元春是十二钗中正面出场最少的人，分量却很重，成了继钗黛后第三位入选正册的金钗。一部《红楼梦》，如果没有贾元春，富贵气象必定会失色不少。如果没有她，贾家乃至四大家族在朝廷就失去了依傍；如果没有她，作为省亲别墅的大观园就没有存在的理由；如果没有她，金玉良缘未必就会压倒木石前盟。

宝钗曾在咏柳絮的词中满怀豪情地写道："好风凭借力，送我上青云。"可惜，她终究没有实现自己的青云之志，真正乘风直上青云的，是元春。

如果给元春的人生画一条轨迹，她的前半生，是呈直线上升的趋势。书中说道，她因"贤孝才德"选入宫中，起初掌管王后的礼职，充任女史。不久封为凤藻宫尚书，加封贤德妃。

这样看来，她的人生也未免忒顺利了点，我们无从得知的是，从女史升为贤德妃的过程中，她经历了多少暗涌和急流。清朝宫闱斗争之烈，从宫廷剧《金枝欲孽》中可见一斑，所谓选秀，只不过是给了少女们一个入宫的机会罢了，至于如何才能从后宫粉黛中脱颖而出，博得君王的宠爱，那就不知要费多少功夫了。

看看玉莹、尔淳、安茜这几个《金枝欲孽》中的人物就知道，她们使尽了浑身解数，也只不过挣了个贵人的头衔。可以想象，通往贤德妃的道路有多凶险，那是一条多么步步惊心的路啊。

这样一个值得大书特书的重要人物，作者居然忘了去描写她的容貌，只是借宝钗之口点出了她是穿黄袍的，这不禁平添了一层意味，仿佛贾元春不是作为一个有血有肉的人，而只是作为一个黄袍加身的图腾而存在的。

这个图腾的作用，在"元春省亲"一回中被大书特书，她的回归，令娘家光彩生门户，贾府上上下下都为之欢欣鼓舞，一派烈火烹油、鲜花着锦之盛。神龙见首不见尾的元春，在这一回中成了众星捧月的绝对主角，她应该是笑得最欢的那个才是，可是事实并非如此，且看文中的描写：

> 茶已三献，贾妃降座，乐止。退入侧殿更衣，方备省亲车驾出园。至贾母正室，欲行家礼。贾母等俱跪止不迭。贾妃满眼垂泪，方彼此上前厮见，一手挽贾母，一手挽王夫人，三个人满心里皆有许多话，只是俱说不出，只管呜咽对泣。邢夫人、李纨、王熙凤、迎、探、惜三姊妹等俱在旁围绕，垂泪无言。半日，贾妃方忍悲强笑，安慰贾母王夫人道："当日既送我到那不得见人的去处，好容易今日回家娘儿们一会，不说说笑笑，反倒哭起来。一会子我去了，又不知多早晚才来。"说到这句，不禁又哽咽起来。

这段话中，"忍悲强笑"四个字极为传神，这个十几岁就入

186

宫的女子，忍悲强笑只怕是常态，在那个凶险的皇宫大内，纵有心事，也唯有咽泪装欢。一入深宫里，年年不见春，那句"不得见人的去处"，说出了多少宫中女子的心声，从寂寞深宫中走出来的元春，泪语中汇集了多少宫怨女子的千红一哭。

李少红版的《红楼梦》中，选了一个面相很老的中年演员来扮演元春，这和原著并不相符。按照清朝选秀的规矩，入宫时顶多十几岁，过了几年后封了贵妃，也不过是二十来岁，恰是花月正春风的年龄。

正当妙龄的元春，是一个颇具风雅情趣的女子，她回大观园省亲，不单单是游览了一回，而且叫众姐妹并宝玉题诗吟咏，回宫后还将那日所有的题咏，命探春抄录妥协，自己编次优劣，又令大观园勒石，为千古风流雅事。元宵节的时候，独处宫中的她又牵挂着宫外的家人，倡议大家一起做灯谜。

这样一个青春女子，如果身在宫外，一定还是父母的掌上明珠，闲来和兄弟姐妹们作诗斗酒为乐。诗社也好、酒席也好，必定少不了她的身影吧。可是春光沉沉锁建章，那九重宫门，将自由快乐、骨肉恩情一并隔断在外面。

元春的心底何尝不充满对外界自由生活的向往，所以她才会向父亲贾政抱怨说："田舍之家，虽齑盐布帛，终能聚天伦之乐；今虽富贵已极，骨肉各方，然终无意趣。"

面对她的抱怨，贾政回答说："臣，草莽寒门，鸠群鸦属之中，岂意得征凤鸾之瑞。今贵人上锡天恩，下昭祖德，此皆山川日月之精奇、祖宗之遗德钟于一人，幸及政夫妇。且今上启天地生物之大德，垂古今未有之旷恩，虽肝脑涂地，臣子岂能得报于万一。惟朝乾夕惕，忠于厥职外，愿我君万寿千秋，乃天下苍生之同幸也。贵妃切勿以政夫妇残年为念，懑愤金怀，更祈自加珍爱。惟业业兢兢，勤慎恭肃以侍上殿，不负上体贴眷爱如此之隆恩也。"

这段话与其说是宽慰，倒不如说是勉励，贾政的这番话，充斥着大道理，却唯独少了一丝人情味。父亲的官方发言提醒元春，她的身份，不再是那个需要父母怜爱的女儿了，而是肩负着家族重任的贵妃娘娘，她只好收起眼泪，以同样官方的口吻让父亲"只以国事为重，暇时保养，切勿记念"。

只有回到内室之中，她才能拾起天伦之乐，可是属于她的欢聚时光，仅仅只有短暂的几个时辰。她对这次聚会念念不忘，回宫之后，忽然想起那园中的景致，自从幸过之后，贾政必定敬谨封锁，不叫人进去，岂不辜负此园？况家中现有几个能诗会赋的姊妹，何不命她们进去居住？也不使佳人落魄，花柳无颜。

在她的干涉下，大观园总算解除了封锁，成了一个青春浪漫的女儿国。可叹的是，元春的绮年玉貌，终将被封锁在深宫大院之内，永远与外界隔绝了。她可以解除大观园的封锁，却对自己的命运无可奈何。

小说第五回中元春的那幅画上画着一张弓，弓上挂着香橼，还有一首判词：二十年来辨是非，榴花开处照宫闱。三春争及初春景，虎兔相逢大梦归。

从判词来看，迎春、探春、惜春三姐妹都比不上大姐的荣华富贵，元春盛时，就如同那火红的榴花一样开得璀璨夺目，只可惜，榴花虽好，开在那深宫之中，也只能是宫花寂寞红了。

此恨绵绵无绝期

　　宫中女子的命运往往倚仗于君王的态度，元春的得宠总会令人想起历史上著名的杨玉环。书中至少有两处提到了她和杨妃的相似之处，一处是说她晋封为贤德妃后圣眷日隆，身体发福，可见在体态上颇似杨家阿环；一处是说她回家省亲时点了一出戏为《乞巧》，而这出戏的主角正是杨妃，点出了两者在命运上的相似之处。

　　此外，元春的丫鬟叫抱琴，如果名副其实的话，那么元春在精通音律这一点上和杨妃也颇为相通。

　　那么我们可以揣测一下，元春和杨妃的得宠和失意是否也有所类似呢？陈鸿的《长恨歌传》中提到，杨妃得宠的原因，不仅仅在于她天生丽质，更因为其善解人意："非徒殊艳尤态致是，益才智明慧，善巧便佞，先意希旨，有不可形容者。"

　　的确，杨玉环和唐明皇的相处模式和一般帝妃有所不同，她是把李隆基当成夫君而不是皇帝老儿来相处的。用现在的话来说，她是个情商很高的女人，即便是撒娇也撒得很有分寸，和唐明皇闹了矛盾被赶回娘家，也不会摆出梅妃那种决绝的姿态，而是宛转求和。这样一朵活色生香的解语花，难怪唐明皇会当她是块无价宝。

根据书中所写，元春之所以能够脱颖而出，是得益于她的才，固有"贾元春才选凤藻宫"之语，照我看来，这个才与其说是诗才，倒不如说是世事洞明、人情练达方面的学问。元春是很会做人的，首先表现在深谙世故这一方面，她命众姐妹（包括宝玉）作诗后，独推薛林二人为上，见到她们两人也是称赞不已，这里面未必没有客气的成分在。

其次，元春是个非常懂得分寸的人，归省那一回，文中有处写到她刚还哭得厉害，转眼就忍悲强笑的场景，最后离开时，贾母诸人哭得哽噎难言，只有她虽不忍别，奈皇家规矩违错不得的，只得忍心上舆去了。

这个小小年纪就入宫的女子，早就明白自己已没了任性的资格，任性在我们平常人来说是恣情任意，而对于宫中后妃来说，小小的一次任性，轻则送掉自己的小命，重则葬送一家人的前程。

但不任性不代表元春没有真性情，相反不多的几次出场，都表现出了一种难得的人味儿。她一回到娘家，就卸下了贵妃的面具，真心实意地想和娘儿们说些掏心窝子的话；她对着父亲哭诉，原本是出自一个女儿的真情流露，只是被父亲的一顿高帽子扣得无以继续；她牵挂幼弟，不顾无职外男不得擅入的规矩，即刻宣宝玉进见，这一段写得特别感人：

> 贾政又启："园中所有亭台轩馆皆系宝玉所题，如果有一二稍可寓目者，请别赐名为幸。"元妃听了宝玉能题，便

含笑说："果进益了。"贾政退出。……因问宝玉为何不进见。贾母乃启："无谕，外男不敢擅入。"元妃命快引进来。小太监出去引宝玉进来，先行国礼毕。元妃命他近前，携手拦于怀内，又抚其头颈，笑道："比先竟长了好些。"一语未终，泪如雨下。

正是因为对家人的一片殷殷亲情，元春才自觉自动地担当起了振兴家声的重任，直至自己撒手尘寰才卸下这一重担。说到元春之死，她最后是否真如高鹗续著所说的那样，是患病而死的呢？这样的话，恐怕不能列入薄命司吧。元春的结局，早在她回家省亲那一回已埋下伏笔，那次她共点了四出戏：第一出，《豪宴》；第二出，《乞巧》；第三出，《仙缘》；第四出，《离魂》。

其中脂砚斋在第二出《乞巧》处批语说：伏元妃之死。乞巧说的是杨玉环和唐明皇于七月七日时在长生殿共结盟约的故事，杨妃是想和她的三郎生生世世同为夫妻的，可是结果呢？他生未卜此生休，落了个宛转蛾眉马前死的下场。此处伏笔隐隐透露了一个讯息，元春也是不得善终的。

有人根据此节甚至推断，元春最后的结局也和杨妃一样，是战事爆发时，被君王下令勒死在马前的。此种推论未免犯了胶柱鼓瑟、过分穿凿的毛病，不过元春之死，照我看来，应该也是受家人所累，就像杨妃是受杨国忠等人带累的一样。

续著的写法，是先有元春之死，再有贾家之败，其实兴许还有另一种可能，那就是贾家先有人事发，后来牵累了元春，而元春之死又导致了树倒猢狲散，贾家由此如同江河日下，衰败之势已不可挽回。看看贾琏、贾珍那帮不争气的堂兄弟，就觉得这种假设极有可能，他们随便犯点什么事，就足够影响到皇帝对元春的态度了。

当日唐明皇带杨妃逃亡到蜀中，六军不发，逼他赐杨玉环一死，唐明皇掩面叹息说："妃子何罪。"千百年后，不幸惨死的元春又是何等无辜。传说中玉环死前，曾哀求过唐明皇，我想，看破世事如元春，可能不会像玉环那样天真。天意从来高难问啊，君王的恩情又岂能靠得住？再说元春无子，在宫中她是无所依傍的，这就决定了大难来临时毫无翻身的可能。

即使是临死之前，她仍不忘和家中父母泣血告别。喜荣华正好，恨无常又到。眼睁睁把万事全抛，荡悠悠芳魂消耗，望家乡路远山高，故向爹娘梦里相寻告：儿今命已入黄泉，天伦呵，须要退步抽身早。

这段《恨无常》的曲子真是一字一泪，元春之恨，不仅是在恨自身之不幸，更是恨自己回天乏术，不能挽泰山于倾颓之中，只能抛下一段对父母的不了之情，含恨踏上黄泉路了。

脂砚斋在此有一句夹批："悲险之至！"元春伴君如伴虎的悲险人生，至此画上了句号，元春之恨，却如杨家阿环一样，只怕是绵绵无绝期了。

元春为何偏爱宝钗

元春在省亲之时，对钗黛二人并无偏颇，在她眼中，薛林二妹均如姣花软玉一般，着实令人喜欢。接下来，元妃令众姐妹及宝玉作诗。看后称赏一番，笑道："终是薛林二妹之作与众不同，非愚姊妹可同列者。"这里也是将薛林二人并列。

如果把这一段看成元春在选弟媳，那么现阶段宝钗和黛玉两个人不管是外貌还是才学，都堪堪打了个平手，在元春心目中难分轩轾。

值得注意的是，省亲一回，元春点了四出戏后，特意让太监托着一金盘糕点出来赏给龄官，并称赞说龄官极好，让她再做两出戏。龄官的面庞体态，和黛玉颇有几分神似，可见在元春心目中，黛玉的分量兴许还稍重于宝钗。

但是这个平衡等到不久后的端午赐礼就被打破了，元春心中的天平很快倾向了宝钗。她所赐的礼物中，宝玉和宝钗一个标准，黛玉则和迎春等次一个标准，虽然不过少了两顶蚊帐，一张席子，却明白无误地表达了这位宫中大姐姐的态度。难怪黛玉要为此伤神，而宝玉的第一反应则是"传错了"。

元春的态度为何会发生这么大的变化？省亲之后，唯一能见到她的无非是贾母、王夫人，那么可以推测，她是受了母亲王夫人耳边风的影响。

书中虽没有明确点出王夫人不喜欢黛玉，但从她逐晴雯那一节中看得出些端倪，她之所以不喜欢晴雯，不就是因为晴雯"妖妖娆娆，眉眼间有点像林妹妹"吗？

可以想见，王夫人晋见之时，关心宝玉终身大事的元春必然会问起薛林二人的为人处事来，王夫人的回答，肯定是带有浓重主观色彩的。退一万步，即使她如实相告，元春应该还是会得出宝钗是最佳人选的答案。

原因无他，只因宝钗简直是这位大姐姐如影随形的追随者，试问谁会不喜欢自己的另一个翻版呢？《红楼梦》中不少人物都有影子之说，比如说黛玉的影子就有晴雯、香菱、龄官诸人，而从宝钗的身上，我们也可以看到元春的影子。

从容貌上来说，元春和宝钗都像杨贵妃，属于珠圆玉润的类型。《乞巧》这折戏暗暗点出了元春和杨妃的相似，后来说到她的死因时，也提到了是因身体日益发福引起的痰症。而书中以杨妃来比宝钗，可见两处，一处是第二十七回，以滴翠亭杨妃戏彩蝶与埋香冢飞燕泣残红相对，回目中的杨妃，指的正是宝钗。

另一处是第三十回宝钗借扇机带双敲的情节中，宝玉问宝钗为什么不看戏去，宝钗推说："我怕热，听了两出，热的很，要走呢，客又不散。我少不得推身上不好，就来了。"宝玉听了，开了个不知轻重的玩笑："怪不得他们拿姐姐比杨妃，原也体丰怯热。"没想到宝钗因此勃然大怒："我倒像杨妃，只是没个好哥哥好兄弟，可以作得杨国忠的。"

体丰是这对表姐妹的共同特征，说来应该是源自王家一脉的遗传，即使是作为男生的贾宝玉，也是生得面似中秋之月，色如春晓之花。从赵姨娘肚子里爬出来的探春两姐弟，似乎就不甚富态。

从价值观来说，元春和宝钗更像是一条路上的人。她们的志向情趣在那个时代都是相当主流的，从某种程度上来说，宝钗原本是元春亦步亦趋的追随者，想当初，薛蟠带着她进京，就是送妹待选，想效仿元春。

值得注意的是，宝钗之所以想进宫，很大原因是哥哥无能，只得一肩挑起光耀门庭的重任。她和元春一样，都是深具家庭责任感的人，并且自觉自愿地希望为家庭做出贡献，甚至不惜做出牺牲。

因此不难理解宝钗对元春的倾慕，毕竟，这位"穿黄袍的姐姐"的人生历程，正是她所深深向往的。在元春回家省亲时，宝钗对她的一言一行都很上心，在帮宝玉改诗之时，顾念的也是元春的心思："他因不喜'红香绿玉'四字，改了'怡红快绿'。你这会子偏用'绿玉'二字，岂不是有意和他争驰了。况且蕉叶之说也颇多，再想一个字改了罢。"

比较起来，黛玉代宝玉作诗，完全越俎代庖，就明显有欺上之嫌。同样的一件小事，宝钗处理起来滴水不漏，黛玉却由着自己的心性。我想王夫人在评说起二人的做派时，必定会提及很多类似的小事，如是再三，元春心里就有谱了。依她的人生阅历，不难看出宝钗显然更会做人，也更宜家宜室。

脂批说"黛玉一生是聪明所误",其实倒不如说她的一生是任性所误。宝钗何尝不聪明呢？只是人家懂得藏锋，不像黛玉那样恃才傲物，锋芒外露。

如此看来，元春选择宝钗为弟媳，其中是有着惺惺相惜的成分的。她怜惜宝钗，就如同怜惜深宫中的自己，她们的人生，背负了太多的责任和期待，已经容不下任性两个字的存在。

所以元春应该是金玉良缘的直接促成者，而不是像高鹗续著中所说的那样，贾母和凤姐突然间都心性大变，又是使调包计又是瞒天过海的。按照前文的发展，在对待宝玉的婚事上，贾府也分成了两派，一派拥钗，一派拥黛。最后在元春的干预下，贾母等人不得不做出妥协。

按照常理来说，元春指婚是合情合理的，她不知道的是，弟弟宝玉追求的并不是一个宜家宜室的妻子，而是一段情投意合的爱情。对人情世故有着深刻了解的元春，在为弟弟指婚时考虑到了方方面面，唯独忽略了情投意合，毕竟，十几岁就入了宫的她，也许从来都没有品尝过爱情的滋味。

巧姐

◇

从来没有什么意外

势败休云贵，

家亡莫论亲。

偶因济刘氏，

巧得遇恩人。

七月初七鹊桥架

　　巧姐在《红楼梦》前八十回中年龄尚小，出场次数又少，她何以能入金陵十二钗的正册？一开始我以为是因为沾了其母凤姐的光，现在看来，曹公设计这样一个人物，必定是另有深意的，他是想借巧姐的落难和得救，来写尽人情的冷暖变化和宿命的机缘巧合。

　　这个小女孩一开始出场时，甚至连名字都没有，只被含糊地称为"大姐儿""大妞妞"，她的名字是刘姥姥二进荣国府时给起的。第四十二回写道："这个正好，就叫他是巧哥儿。这叫作'以毒攻毒，以火攻火'的法子。姑奶奶定要依我这名字，他必长命百岁。日后大了，各人成家立业，或一时有不遂心的事，必然是遇难成祥，逢凶化吉，都从这'巧'字上来。"

　　巧姐生在七月初七，应在一个巧字，所以刘姥姥才给她取了这个名字。凤姐托刘姥姥取名，是想借庄稼人的福气，就像农村里的人为了让孩子好带点，经常会给小孩取些什么猫儿狗儿的小名一样。

　　巧姐的名字按理说应该是个小名，可是后来居然也没有再起个像样的正名，不免有敷衍的感觉。风起于青萍之末，从贾府几代女子的取名上，也隐隐可以嗅到一丝衰落的气息，贾母的女儿叫贾敏，名字中一副清贵气派，几个孙女儿分别叫元春、迎春、探春、惜春，也算是不俗的了，到了重孙女儿这一辈，索性把命名权交给了庄户人家,巧姐这个名字,的确有一股浓重的乡土气息。

关于巧姐名字的由来，大多数读者都注意到了和刘姥姥有关，却往往忽视了她的生日。在我看来，巧姐生于七月初七，已经寓意着一种巧合，民间称七夕为乞巧节，正是牛郎织女一年一度的相会时，要知道这二位的故事，恰恰是富家女嫁给了穷小子。巧姐特殊的生日隐含了对她未来命运的暗示，巧的是，关于她的画里，画着荒村野店，有一美人在那里纺绩，多么像织女嫁入凡间后的境遇。

所以巧姐的结局，绝不是高鹗续著中所写的那样，嫁给了什么地主家的儿子，而是嫁给了板儿，过上了庄户人家的生活。关于巧姐嫁给板儿这一点，书中已埋下了很明显的伏笔，刘姥姥二进大观园时，这两个小孩初次打了个照面：

> 那大姐儿因抱着个大柚子顽的，忽见板儿抱着个佛手，便也要佛手。丫鬟哄他取去，大姐儿等不得，便哭了。众人忙把柚子与了板儿，将板儿的佛手哄过来与他才罢。那板儿因顽了半日佛手，此刻又两手抓着些面果子吃，又忽见这柚子又香又圆，更觉好顽，且当毬踢着顽去，也就不要那佛手了。（见四十一回）

庚辰本在这里有两段双行夹批，一段是"小儿常情遂成千里伏线"；另一段是："柚子即今香橼之属也，应与缘通。佛手者，正指迷津者也。以小儿之戏暗透前回通部脉络，隐隐约约，毫无一丝漏泄，岂独为刘姥姥之俚言博笑而有此一大回文字哉？"

缘，就是这样的妙不可言。在巧姐和板儿交换手中的玩物时，谁能够料想到，一个是风地里吃块糕也会生病的娇贵小姐，一个是进了贾府就嚷着要吃肉的庄家娃，最后会被月老用一根红线系在一起呢？

牛女相会，要依靠千千万万只鸟儿搭成鹊桥，巧姐和板儿这两个原本不沾边的人，也幸好有人搭起了一座鹊桥，架桥者正是凤姐和刘姥姥。只是天上的鹊儿是有心的，地上的搭桥者却是无意的。

令人解颐的是，自从蒙古族哈斯宝翻译的《红楼梦》及其手批发现之后，我们终于知道了曾有一种传世的《红楼梦》上说板儿长大之后学名是王天合，板儿是他的乳名。天合天合，天作之合，一个巧姐，一个板儿，最后就凑成了一对七巧板儿。

曹公在第五回中，将巧姐归入了薄命司中，那么巧姐真的薄命吗？我们看薄命司中的人，有的不幸早死，如黛玉、可卿，有的青年守寡，如李纨、宝钗，有的遁入空门，如惜春、妙玉，比较起来，巧姐算是结局最好的了。

曹公曾借宝玉之口说："我瞧大姐姐这个小模样儿，又有这个聪明劲儿，将来的出息说不定在凤姐姐之上。"按理说，巧姐比凤姐强在了识字知文方面，又继承了凤姐的美貌和好强，日后如果出落成人，难保不会成为另一个女强人。命运的吊诡之处就在于，你期待什么，它就偏偏不给你什么，后来家道沦落，巧姐儿纵有才干亦无地方施展，天生的丽质更是牵累了自身。

在饱尝了命运的捉弄之后，她终于带着一颗疲惫的心在荒村野店中找到了最后的归宿。这个时候，贾府已是飞鸟各投林，各自投奔了各自的宿命，我想，在目睹了家破人亡、风流云散的过程后，巧姐自己也已历尽沧桑，她未必不会悟出，原来那曾有的富贵荣华无限风光，只不过是一件华美的云裳，有，固然很好，没有，也没什么大不了。所以属于她的那支曲子，流露出的没有自怜自惜，只有苦尽甘来的知足和感恩。

脱下了云裳之后，巧姐走向了和她的娘亲截然不同的一条路，那条路不会通往荣耀和风光，却实实在在地联系着脚下的大地，走上去平坦而踏实。在贾府的时候，她太过娇嫩，不是出水痘，就是发烧，相反，当她真正过上了庄户人家的生活时，必定会瓷实很多，毕竟，后面这种生活更接地气。

巧姐终老于荒村野店的结局既代表了文人们归园田居的理想，又最切合作者的真实处境。现实中的曹雪芹在抄家之后，没有像书中的宝玉那样出家，而是因为贫困潦倒，举家迁往了北京西郊的黄叶村。从他的好友敦诚所写的诗句"于今环堵蓬蒿屯，满径蓬蒿老不华"中可以得知，雪芹所居的黄叶村，也是一处荒村野店。

曹雪芹从贵介公子沦落到举家食粥的地步，胸中始终环绕着无才可去补苍天的悲愤之感。从这个角度来看，他将嫁入贫家的巧姐归入薄命司中，是否也隐含着借他人之酒杯、浇自己之块垒的潜意识呢？

作为故事中的人物，巧姐身上没有背负着曹公那么重的家族责任，内心没有那么多的挣扎，对于她来说，能在繁华落尽后过上一种纺绩织布、自食其力的生活，身边有亲人为伴，虽然贫苦，却也不见得不幸福。

仗义每多屠狗辈

在开卷第一回的《好了歌》后，甄士隐写了篇注解：

> 陋室空堂，当年笏满床。衰草枯杨，曾为歌舞场。蛛丝儿结满雕梁，绿纱今又糊在蓬窗上。说甚么脂正浓，粉正香，如何两鬓又成霜。昨日黄土陇头送白骨，今宵红灯帐底卧鸳鸯。金满箱，银满箱，转眼乞丐人皆谤。正叹他人命不长，那知自己归来丧。训有方，保不定日后做强梁。择膏粱，谁承望流落在烟花巷。因嫌纱帽小，致使锁枷扛。昨怜破袄寒，今嫌紫蟒长。乱烘烘，你方唱罢我登场，反认他乡是故乡。甚荒唐。到头来，都是为他人作嫁衣裳。

这篇《好了歌注》可以说是书中人物命运的一个提纲挈领，根据脂砚斋的评语，"说什么脂正浓、粉正香，如何两鬓又成霜"指的是宝钗一干人，昨日黄土陇头送白骨指的是黛玉、晴雯。那么择膏粱、谁承望流落在烟花巷指的是谁呢？四大家族势败之后，到底是谁流落在烟花巷呢？

老版的电视剧《红楼梦》中，湘云最后做了船妓，好像这里应该说的就是她。但很显然，湘云从小就没有被娇养过，依她大嚼鹿肉的做派，也绝计不会食不厌精、脍不厌细。这"择膏粱"三字，只能落到一个人身上，那就是巧姐。在前八十回中，巧姐是最娇贵不过的，一次王夫人给了她一块糕，她站在风地里吃了，就生了场病，可不正应了"择膏粱"之说。

凤姐在生前对女儿百般呵护，去世之后，巧姐却不幸被卖到烟花巷，家富人忙最后终成了"家亡人散各奔腾"。巧姐落难之后，看尽了人间冷暖，这在《留余庆》一曲和巧姐的判词中有鲜明体现：

留余庆，留余庆，忽遇恩人。幸娘亲，幸娘亲，积得阴功。劝人生济困扶穷，休似俺那爱银钱、忘骨肉的狠舅奸兄。正是乘除加减，上有苍穹。

判词则说"势败休云贵，家亡莫论亲。偶因济刘氏，巧得遇恩人。"巧姐的遭遇就像一面镜子，折射出了人情冷暖世态炎凉，当日凤姐在世时，巴结她的人何其多也，而母亲一死，贾府沦至一败涂地，亲人们有的光顾着自保，如李纨，有的忙着对她落井下石，如"狠舅奸兄"，反而是那些芥豆之微的小人物伸出了援手。

《功夫熊猫》中有句台词说：人生从来没有什么意外。用佛家的话来说，就是有果必有因，巧姐后来收获的善果，正来自当日她母亲种下的善因。巧姐命运之巧，全在于凤姐的巧心筹划。判词中说"偶因济刘氏，巧得遇恩人"，其实任何一件看似偶然的事件背后，都是无数必然性的汇合，凤姐心肠极热，虽不是传统意义上的善人，但并不代表她不爱出手帮人，受过她恩情的除了刘姥姥，我们还可以数出贾芸、小红等诸人。

高鹗续书，把贾芸当作奸兄，这实在是荒谬之极。第二十四回，写到贾芸时，脂砚斋有多条批语，赞他"有志气""有果断""有知识"，说他"孝子可敬，此人后来荣府事败，必有一番作为"。根据脂批，醉金刚一回文字亦是伏贾芸仗义探庵。

贾芸的妻子是小红，凤姐生前对这两人均有提携之恩，如果不是她，小红可能还在怡红院中打酱油，整天受晴雯诸人的气，这份知遇之恩不可谓不重。联系到小红去狱神庙中安慰宝玉的佚文，可以推断出，这对夫妻不仅不会落井下石，反而在关键时刻为凤姐、宝玉叔嫂出了大力。

前文说过，凤姐和宝玉渊源极深，这对叔嫂交游之广，在贾府中堪称首屈一指，他们所交往的人，可以说三教九流无所不包，宝玉就因为曾经和蒋玉函之类"下九流的人"相交，被老爹贾政暴打了一顿。

这二位都是热心人，但是做派不同，宝玉是对几乎所有人都抱着一份了解的同情，心中没什么高下贵贱之分；而凤姐则江湖气十足，为人爱憎分明，属于有恩报恩有仇报仇那一类，这恰好契合了江湖草根人物的处世原则。

正是因为她身上的这种特殊气质，才吸引了刘姥姥、贾芸、小红诸人和她相交，不然的话，贾府中那么多主子，怎么就单单只有凤姐能与芥微之人意气相投？文中写到的只是刘姥姥诸人，可以想象，凤姐撒下的关系网也许更宽更大，受过她恩情的远远不止这几个。

明代曹学佺曾有诗云"仗义每多屠狗辈"，这话确实有理，义是小人物处世的首要原则，中国的底层百姓不懂得什么大道理，但对于"滴水之恩、当涌泉报之"的古训却是铭刻在心的。当贾府树倒猢狲散时，主子们之间骨肉尚且相残，只有那些曾经饱受轻视和嘲弄的小人物，做出了一桩桩了不起的义举。

当日因一杯茶就被撵出去的茜雪，不计前嫌去狱神庙中探望宝玉；在贾府中素来不受重视的贾芸和小红，这个时候也仗义探望；在大观园宴席中自嘲为"老牛"的刘姥姥更是挺身而出，救巧姐于风尘之中，并且不计较她的青楼经历，毅然让板儿娶她为妻；就连素来被人们批虚伪自私的袭人，亦和蒋玉函一同接济宝玉，也称得上有始有终了。

这些小人物的闪光之处让我们于黑暗之中，看到了一丝微光，让我们对人性不至于特别绝望，也让我们警醒到，如果以身份地位的高低贵贱来判断人，那是多么的不可取。

前文说过，巧姐的境遇实际上有着曹公自身的影子，当他落魄潦倒之际，"满径蓬蒿"，"举家食粥"，必定是受尽了白眼冷遇。鲁迅曾在文章中说"有谁从小康之家而坠入困顿的么，我以为在这途路中，大概可以看见世人的真面目"。像曹雪芹这种从大富之家坠入困顿的，自然对世态炎凉更别有一番刻骨铭心的体会。

曹雪芹去西郊之前有过一段投亲靠友的辛酸生活，友人敦诚诗中有"劝君莫弹食客铗，劝君莫叩富儿门"，大约都是就他这一时期的生活而言。也许正是在亲友那里遭受到了种种屈辱，曹雪芹才毅然决定移居黄叶村，甘愿过上更加贫困的生活。在这途路中，他在遭遇白眼的时候可能也收获了些许温暖，而向他伸出手的人，可能正是优伶、婢女、村姬之属。

外二篇

趁着这奈何天、伤怀日、

寂寥时，

试遣愚衷。

因此上演出这

怀金悼玉的《红楼梦》。

致宝玉：春风十里，不如你

在很长一段时间里，我曾经羞于承认自己爱慕过你。

读书时在外面兼职，办公室里有一个很"娘炮"的男同事，说起话来捏着嗓子，走起路来风摆弱柳，人送外号"贾宝玉"。开始还只是背地里叫叫，后来发展到，只要该男同事一出现，众女就会用甜得发腻的声音叫他："宝哥哥！"他倒是无所谓，"唉"的一声应得云淡风轻。我听在耳里，暗自捏起了一只小拳头，心里有个声音呼之欲出：宝哥哥，他也配！

宝哥哥，曾经是这世上最温柔可亲的名字。在八十年代，一部电视剧《红楼梦》红遍街头巷尾，让这个名字从才子佳人的案头书中，走入了寻常百姓家。

初次见到这个名字的主人，我还只有七岁。那时邻居家有一台十四英寸黑白电视机，屏幕小小的，信号不太稳定时动不动就是满屏的雪花，就是在这台电视机中，我见到了你，还有林妹妹。在电视里，林妹妹老是和你怄气，动不动撂下你就走，你追在她身后，一迭声地直唤："好妹妹，好妹妹，可别气坏了身子。"

我那时太小，不懂林妹妹为何这般爱赌气，所以不喜欢她，认为她太小心眼了。但我还是爱看她和你生气的场景，只为了听那一句句"好妹妹"，我从来不知道，一个人可以将妹妹叫得如此好听，那样温柔的声音，就算心肠再硬的人听了，心里也会变得软绵绵的吧。难怪你再三惹林妹妹生气，她还是放不下你。

偶尔你们也不吵架，有一次，桃花开得正好的时候，你坐在桃花树下的大石头上读书，这时林妹妹荷着花锄过来了，伴着你肩并肩坐下，一同默默地低头读书。春风吹得落英缤纷，桃花簌簌地落了你们一身，你们的脚下，是流水潺潺。电视机本来是黑白的，那一瞬间，我眼中的世界却忽然鲜活起来，流水是淡绿色的，桃花是粉红色的，你身上的袍子，是大红色的。

在没有懂得什么叫作缠绵之前，我早已经领略过缠绵的滋味，从你和林妹妹的故事里。

七岁的我连"贾"字都不会写，只会翻来覆去在旧台历上写"假宝玉"三个字，惹得姑姑姑父一顿嗤笑。姑父问我是不是以后长大要嫁贾宝玉这样的男人，我斩钉截铁地回答说是的。我还只有七岁，已经明白自己喜欢什么样的男人，他会和你一样笑容永远温熙、声音永远温和，我生气的时候，他会饱含柔情地叫我一千句"好妹妹"。

后来读了《红楼梦》的原著，我确定了你身上的衣服是大红色的，确定了你对林妹妹是一条心，确定了你如我想象中一样完美。不，还要完美。领略过你的柔情的人，不仅仅只有林妹妹，还包括大观园中众多的姐姐妹妹。知道丫鬟爱吃豆腐皮的包子，你就巴巴地为她们留着。她们冬夜里穿着小衣起床，你忙不迭地为她们暖手。

你的温柔纯粹出于天性，即使是对素不相识的女孩子，你也毫不吝惜这份柔情。看着龄官在雨中画"蔷"字，你一片好心去提醒人家，却浑忘了自己也在淋雨。刘姥姥信口开河胡诌了一个什么穿红衫子的姑娘，你就信以为真，大老远地想去一瞻芳华。你有一种刻在骨子里的优雅，即使是在闹哄哄乱糟糟的酒宴上，你脱口唱出的竟然是《红豆曲》那样精致伤感的曲子。

并不是所有人都能理解你的珍贵，在大多数人眼中，你只不过是一块无材补天的顽石。你为姐妹们操尽了心，姐妹们却笑你"无事忙"。幸好还有林妹妹懂你，所以只有她能和你共读《西厢记》，只有她从不劝你热心功名。我相信黛玉临终之际并无遗恨，被你那样精美地爱过，这一生又怎称得上遗憾。

成年后我喜欢的每个男人都像你，不管是张国荣还是段誉。我以为全世界的女人都和我一样，渴望被精美地爱着。我以为对于一个女人来说，温柔是男人最重要的特质。后来我才发现，世界已经变了，变得如此强硬、如此冷酷，容不下半点柔情，姑娘们爱硬汉、爱浪子、爱小开，唯独不爱侠骨柔肠了，这样的年代，难怪你要被人弃之如敝屣，"贾宝玉"三个字甚至被误读成娘娘腔。

我一度也曾羞于提及自己深爱过你，这是一个盛产铿锵玫瑰的时代，连女人都修炼成了百炼钢，我又如何能够毫不脸红地承认自己只爱绕指柔？于是，我像个男人一样投奔职场，像个男人一样蝇营狗苟、狼奔豕突。我以为自己已经修炼得铜皮铁骨，可是，当我坐公交被五大三粗的硬汉们挤成一张纸时，当我工作上出了差错被男上司训斥得像一条狗时，当我和老公吵了架默默在床头抹眼泪时，我是多么怀念你。

我已经长大了，不再像小时候那样幻想着能嫁给你一样的男人，但是我多么渴望，遇见的男人们能或多或少地保留着你身上的温柔。也许他们也有温柔的时分，在情人面前，在热恋尚未冷却时，他们谁都比不上你，你的温柔与生俱来，从不更改。

世上已无宝哥哥。

如今遍地都是贾琏、焦大，却再也容不下一个优雅精致的灵魂。你这样的男子，注定只能生长在温柔富贵乡里。红楼选秀里不乏俊俏男儿，但只是空得一副好皮囊，没有人能演出你与生俱来的温柔。

夜月一帘幽梦，春风十里柔情。纵然是春风十里，都不如你。

致晓旭：只有你是林妹妹

去年旅居北京的时候，特意去了趟大观园。偌大的一个园子里，只有三三两两的游客，大多是阿姨辈的人物，难得见到个小一点的姑娘，只顾着嘻嘻哈哈地自拍。可见年轻人是真的不大读《红楼梦》了。

曾几何时，这里是红迷们的朝圣之地，八十年代《红楼梦》播出后，一年就接待了几百万的游客。到如今，这里就像宝玉出了家、黛玉归了天之后的情景，再无欢声笑语，只剩一片芳草萋萋、斜阳晚照。

大观园确实修得精致，宝玉住的怡红院屋前屋后都种满了花，门前一边种着海棠，一边种着芭蕉，颜色搭配得"怡红快绿"，也符合他护花使者的身份。迎春住的缀锦楼四面环水，正逢初夏荷花盛开，坐在这里可以闻到隐隐的荷香。

最难忘的，还是潇湘馆，这可是林妹妹住过的地方啊。这里胜在清幽，屋外有万竿翠竹，远远走来，就像书中所说的一样"龙吟细细、凤尾森森"，离得近了，只见触目皆碧，到处都是绿意。林妹妹住在这里，每天听着风过竹林的声音，一定有助于诗情吧。

我在门外的栏杆处坐了很久，舍不得离去。摇曳竹影间，仿佛走来了一位弱柳扶风的少女，她是如此纤弱，又是如此美丽，眉宇间像笼着一层烟雾。

都说一千个读者就有一千个哈姆雷特，可每当我想起林妹妹来，她就是陈晓旭的样子。

每个人来到世间都有她的使命，上天造就了陈晓旭这样一个人，仿佛就是为了派她来演林黛玉的。

1985 年，《红楼梦》在全国选演员，19 岁的陈晓旭给导演王扶林寄出一封信，信中放了一张照片，照片背面还附着她写的一首小诗：

> 我是一朵柳絮，
>
> 长大在美丽的春天里。
>
> 因为父母过早地把我遗弃，
>
> 我便和春风结成了知己。
>
> 我是一朵柳絮，
>
> 不要问我的家在哪里。
>
> 愿春风把我吹送到天涯海角，
>
> 我要给大地的角落带去春的消息。
>
> 我是一朵柳絮，
>
> 生来无忧又无虑。
>
> 我的爸爸是广阔的天空，
>
> 我的妈妈是无垠的大地。

据说在信里她宣称"我天生就是来演林黛玉的"，不怪她有这样的自信。首先她长得就像黛玉，那样古典的瓜子脸，那样清丽的眉眼，一看就宛如从大观园中走出的女子。她性格也像黛玉，从小就孤单敏感，只爱一个人静静地看书，就像她自己说的那样"十九年来，我一直像蚕儿一样躲在自己编织的世界里做自己故事中的女主角，全不管外面是个怎样的世界。"她最喜欢的书是《红楼梦》和《简·爱》，她也是当时《红楼梦》选角中唯一一个读过原著的姑娘。

最重要的是，她似乎生来就和黛玉有缘，母亲怀她的时候做了一个梦，梦见有个白胡子的老头对自己说，你若生了个女儿，得起名叫作"菉"。"菉"的意思是有香气的草木，而林妹妹的前身，恰恰就是河畔的一株绛珠仙草，常常自许为"草木人"。父亲觉得菉字太冷僻，就给在清晨出生的她取名叫"晓旭"，希望她能拥有朝阳一样明亮绚烂的人生。

可她天生忧郁，十四岁就写出了《柳絮》这样悲悲切切的诗来，巧的是，黛玉正好也是以"咏絮"而闻名的。她笔下那飘零在春天里的柳絮，多么像黛玉在咏絮词中所写的那样：嫁与东风春不管，凭尔去，忍淹留！

凭着这份古典气质，也凭着这份才情，她打动了导演，顺利进入了剧组的演员培训班。

那时候的选角，不像现在光看相貌，也得看心性气质。培训班一开始，还没有定谁会演哪个角色，陈晓旭偷偷问同屋的女孩："你看我应该试哪一个？"女孩坦率地回答说："你不应该试小姐，你看上去发育还没成熟。"

导演王扶林也婉转地问过她："如果不演林黛玉，换一个其他角色演，怎么样？"

她坚定地说："我就是林黛玉，如果我去演其他角色，观众会说林黛玉去演其他角色了！"

选角开始了，她的成绩并不理想，排在黛玉候选人的第三名，前两名分别是张蕾和张静林。论楚楚可怜，她也许不如张蕾，论容貌秀丽，她也不比张静林强，可胜在综合素质出众，剧组美女虽多，却几乎没有一个人像她这样集美貌、才华、聪慧于一身。

果然，她将前面两位候选人都PK了下去，张蕾演了秦可卿，张静林演了晴雯，她则如愿以偿演了黛玉。

《红楼梦》拍了三年，这三年，是她人生中最美妙的时光。正如她在《梦里三年》中所写的那样"我拥有无数个美丽的梦，最美的一个是从这里开始的"。

拍摄时，为了更加入戏，每个人都在有意接近那个逝去的时代。演小姐的整天在一起学习琴棋书画，演丫鬟的则练习请安跪拜等各种礼节。为了演好林黛玉，陈晓旭把自己整个身心都沉浸了进去，她跑到中央音乐学院拜师学古琴，一曲《流水》弹得像模像样。她用戏中的台词和同伴们对话，笑被毛毛虫吓得从树下爬下来的姑娘"原来也是个银样镴枪头"。

导演让演宝玉的欧阳奋强多和姐妹们亲近，每天得设计些恶作剧来逗大家玩。欧阳奋强于是成了"整蛊"的恶棍，背后的军师却是陈晓旭，她是个鬼精灵，主意最多。有一天，宝哥哥把玩笑开到了军师身上，聪慧的她一眼就识破了诡计。

她一开始还有些怯生生的，越拍到后面，就越入戏。在苏州的香雪海拍摄"葬花"那场戏时，她穿着淡蓝色的戏装走在满地落花中，哭得连肩膀都抖了起来。那一瞬间，连她自己也分不清，她是黛玉，还是晓旭，究竟又是为了什么哭泣。

可再美的梦也有醒的那一天，三年后，戏拍完了，一部《红楼梦》万人空巷，她们都从无名之辈成了街知巷闻的大明星。很多人待在梦里不肯醒来：演妙玉的姬培杰改了名叫姬玉，后来真的信了佛；演晴雯的张静林为自己取了个新名字叫安雯，嫁给了著名音乐人苏越，唱了一首很有名的《月满西楼》。

她是入戏最深的那一个，戏演完了，还当自己是红楼梦中人。没什么人来找她拍戏，有三年时间，她除了演过《家春秋》中的梅表姐外，再没有接到过任何工作。她那种清高而棱角分明的性格，实在不适合混娱乐圈。那几年她过得很苦，不停搬家，经济上也很拮据，仿佛失去了依傍的林妹妹。

机缘巧合，她进了广告这一行，继而创立了世邦广告公司，公司接的第一笔单是拜她的名气所赐，合作方也是红楼迷，相信"林黛玉不会骗我的"。

她的才情和名声，确实给广告公司增色不少，她曾经给五粮春写过这样一段广告词：

> 她系出名门，丽质天成，秀其外而绝无奢华，慧其中却内蕴悠远；壮士为主洒泪，英雄为主牵情。个中滋味，尽在五粮春。名门之秀，五粮春。

如今，这句广告词"名门之秀，五粮春"几乎已经和五粮液这个老品牌一样深入人心了。

她的公司年营业额最高达到过2亿，因此她也成了人们口中的亿万富姐。知乎上有个网友在她去世后进了那间公司，发现公司里高层领导们个个温文儒雅，风度翩翩，不论对谁说话，语声低而清晰，声量从不提高，那样的企业文化，在其他公司再难找到。

我常常想，如果林妹妹生在现代，有机会出去闯荡的话，成就应该不在晓旭之下吧。人们常把黛玉想象得过于柔弱，其实早有人指出，黛玉很有经济头脑，理应是个一等一的理财管家高手。

晓旭比黛玉幸运的是，感情上还算是顺风顺水。她结过两次婚，第一任丈夫叫毕彦君，在《大宅门》中演过白二爷。毕彦君比她大十岁，和她称得上是青梅竹马，曾有人问二十多岁的毕彦君为什么还不找女朋友，他回答说"我在等我的小姑娘长大呢"。她参加《红楼梦》的选角，也是受毕彦君所激。拍完《红楼梦》后，他们就结婚了，可惜很快就因性格不合离婚了。

第二任丈夫叫郝彤，是个身高一米八三的帅气男生，也是她闯荡广告界的得力伴侣。他真的爱她，在她出家之后，也剃度出了家，践行了宝哥哥对林妹妹的誓言："你死了，我就作和尚去！"

在成功转型之后，多少人奉陈晓旭为"人生赢家"。可她并不快乐，她是那种喜欢追寻生命终极意义的人，在无限的繁华和热闹中仍然备感冷清。《红楼梦》中人二十年后再聚首，她始终淡淡的，不和其他演员过分亲热，在和欧阳奋强同台时，他们连拥抱都没有，可分别走下台时，都流下了眼泪。

她说，她还是喜欢人们叫她林黛玉。她那么爱美，而《红楼梦》

恰恰记取了她最美的样子。

这之后，就是一连串的坏消息。听说她患了乳腺癌，听说她拒绝开刀化疗，听说她放下一切出家了。

她的病原本并非无药可医，父亲劝她做手术，她说："假如说动手术做化疗能治好，或者是不用这个就死亡，那我选择死亡。"

演过袭人的袁玫评价她说："她是个追求完美的人，心中充满了浪漫，充满了世上一切的美好，而且她的个性里有着一种非常坚定的东西。"

这多么像林妹妹啊，她和林妹妹一样偏执，林妹妹执着于情，她则执着于完美。这样的执着在旁人看来是非理性的，她们却义无反顾。

人们爱把她和黛玉的死，都归结于宿命，其实所谓宿命，无非是一个人的天性。人总是难以抗拒她与生俱来的天性，所以痴情的黛玉注定要以身殉情，而爱美的她注定要以身殉美。

在生命的最后关头，她已说不出话来了，亲人们在她的屋外摆满了梅花，这样她从窗子中望出去的时候，就能看到满树花开。她在花香中永远地闭上了双眼。

一朝春尽红颜老，花落人亡两不知。

若干年前，当她在一地红红白白的落花中吟出这句诗时，可曾想到，这已经预言了她一生的结局。

这样的一生，是幸运，还是不幸？如果可以重来，她还会愿意倾尽全力去演绎林黛玉，并在余生都将自己活成林妹妹的样子吗？

回到《红楼梦》的开端，青埂峰下，一僧一道告诫灵性已通、凡心正炽的灵石：凡间之事，美中不足，好事多磨，乐极悲生，人非物换，到头一梦，万境归空，你还去吗？顽石点头：我要去。

我想，如果有人问她，你这一世，注定要遭受情爱的波折、病痛的折磨，那么你还愿意去这尘世一趟吗？她一定会像顽石一样点头。

生命的意义，从来不在于结局如何，而在于经历了什么。她拥有过非常丰富的人生，就像一朵花，开的时候拼尽全力去盛开，从枝头掉下来时也干脆利落，不做过多的留恋。

她去世后，红学家冯其庸写了一首诗悼念她：

> 草草繁华过眼身，梦中影里尽非真。
>
> 如今觅得真香土，永入仙乡出凡尘。

她这一生，像做了一场梦，如今梦醒了，她也去了另一个地方。质本洁来还洁去，这样的结局，并不算太坏。